U0907407

吉原哀歌

樋口一叶

江苏凤凰文艺出版社
JIANGSU PHOENIX LITERATURE AND ART PUBLISHING, LTD

[日] 樋口一叶 ——著 陈冠贵 ——译

图书在版编目（CIP）数据

吉原哀歌 /（日）樋口一叶著；陈冠贵译 . — 南京：
江苏凤凰文艺出版社，2019.7
ISBN 978-7-5594-3709-9

Ⅰ . ①吉… Ⅱ . ①樋… ②陈… Ⅲ . ①中篇小说 – 小
说集 – 日本 – 现代 ②短篇小说 – 小说集 – 日本 – 现代
Ⅳ . ① I313.45

中国版本图书馆 CIP 数据核字 (2019) 第 084496 号

吉原哀歌

(日) 樋口一叶　著　　陈冠贵　译

出 版 人	张在健
责任编辑	白　涵　刘洲原
特约编辑	范　迪
责任印制	刘　巍
出版发行	江苏凤凰文艺出版社
	南京市中央路 165 号，邮编：210009
网　　址	http://www.jswenyi.com
印　　刷	三河市祥达印刷包装有限公司
开　　本	787mm × 1092mm 1/32
印　　张	6.75
字　　数	97 千字
版　　次	2019 年 7 月第 1 版　2019 年 7 月第 1 次印刷
书　　号	ISBN 978 - 7 - 5594 - 3709 - 9
定　　价	39.80 元

樋口一叶

樋口一叶的贫乏与爱

任知

明治时代的文坛，也正是女性作家崛起的时代。有致力于西洋小说翻译的若松贱子；翻译《源氏物语》为口语体、写下《乱发》的与谢野晶子；以小说《青梅竹马》《十三夜》等扬名之樋口一叶；作家山田美妙之妻、在《文艺俱乐部》发表《峰之残月》的田泽稻舟；先后发表《妇女之镜》《侠骨》《若松》的才女木村曙；其余还有大冢楠绪子、岸田俊子、田边(三宅)花圃、清水丰子和北田薄冰等女性作家。这些才媛中，樋口一叶和与谢野晶子在当时备受瞩目，名气上也相当响亮。最为短寿的要数田泽稻舟，她被美妙抛弃，回到家乡山形县鹤冈市，在疾病的摧残下，23岁郁郁而终。次之是24岁死于肺结核的樋口一叶，在她生前她的文学作品就已受到了极高赞誉。

幸田露伴曾感慨“真想把一叶作品中的文字分送给当代的评论家和作家们咀嚼一下，每人分五六个字，以便作为提高技术的启发”。森鸥外对一叶大为赞誉，他甚至说:“即便世人嘲笑我盲目崇拜一叶,我也在所不惜想赠她‘真正的诗人’这样的称号。”现代作家大冈升平将她评价为“有史以来的日本女作家中与紫式部并列，确保着最高的名声”。借此可见一叶的作品给当时文坛带来的震动与惊喜，也可看到此后的影响之巨。

一叶成名之前的确反复研读过《源氏物语》，她以《蓬生》为标题的日记是模仿《源氏物语》的卷名,然而她将自己比喻为书中贫穷丑陋的“末摘花”，在杂草丛生的简陋房屋里,抱着一丝幻想苦苦地等待着“光源氏”的到来。这说明了她憧憬上流社会生活的心境,也表达了不容她有一丝幻想的残酷的现实。她为生计奔波，如彗星般在近代文坛上顺势划过，瞬间消失，这样的际遇也足以令人追缅叹息。

一叶在十岁前生活还算安稳，父亲则义在教育部和警视厅做下级官吏，长兄泉太郎从明治法律学校（现在的明治大学）毕业后在财政部供职，这种普通百姓的生活完全可以保障。一叶其实只读过几年小学，后来进入中岛歌子所主持的“荻之舍”，勤学古典文学。私塾中多为名门闺秀，一叶身处华衣丽裳的同学之中，相形之下难免感觉自卑。她16岁的日记《旧衣》就写了自己参加歌会的情景，小姐、贵妇们穿着争奇斗艳的盛装，而自己穿着母亲修改的旧衣服，锦衣和旧服产生残酷的对照，不过她在随后的歌咏比赛的六十多个参赛者中获得了最高分。

长兄以肺结核病殁；二哥与家里断绝关系；父亲则自警政厅退职后，经商失败，气恼交加，一病而逝。其父原指望将一叶托付终身的涉谷三郎单方面撕毁婚约，并且索还高额彩礼，这导致她清贫的家庭雪上加霜。

从明治十三年开始，一叶跟松永政爱的夫人学习裁缝。明治十八年十三岁的一叶在夫人家遇到十八岁的涉谷三郎，二人开始了长达五年的交往。父亲有意将她许配给三郎，涉谷家并未反对。因此三郎常出入一叶家，与其交往甚密。随着明治维新的深入，出现了以扩大人民权利和自由、反对藩阀政治为目标的自由民权运动。热血沸腾的涉谷三郎积极参与了这场政治运动，并成为多摩市政治结社——融贯社的自由党员。一叶深深被三郎这种投身政治运动、燃烧青春梦想的行为所吸引，明治二十二那年一叶十八岁，其父知晓自己死期将至，于枕边将一叶托付给当时私塾的学生涉谷三郎，三郎理所当然就成为一叶心中的第一个男人。

由于父亲、兄长相继去世，家道没落、留下了巨额的债务。涉谷家提出解除婚约，一叶家人对三郎的这种利欲熏心的做法愤慨万分。虽然一叶没有像母亲、妹妹那样愤怒，虽然一叶对三郎的感情并不深，两人并未开始真正的恋爱，但一叶的少女心还是被伤害了，精神上也受到了冲击。这件事让她切身体会到被男人背叛的痛苦，也可以说由此就开始影响她笔下许多主人公的爱情命运。

吊诡的是明治二十五年九月，即解除婚约的三年后，当上新潟县三条区法院的检察官的涉谷三郎（此人后来当过早大法学部长，又历任秋田、山梨两县知事）来找一叶，表示愿意结婚，可一叶冷淡地拒绝了。明治二十八年，三郎寄来贺年片，一叶写道："他没有忘记我，真是值得欣悦，他还说想要我做他的妻子。"（选自一叶写于明治二十八年1月3日的日记）一叶比起同时代的女作家，生活层面广泛，对于自我生存的困苦体验更深，所以对各种社会问题和女性问题更关注，并对国家前途感到深深忧虑。一叶在下谷龙泉寺居住期间，在1894年3月的日记中写下了《国家的根本》，"世间道德沦丧，人情浅薄，朝野人士，唯私利是图，弃国事之正道于不顾，世道这样下去如何了得"，处于逆境的她没有沉溺于自身的不幸，而是心系国家、关心世人的疾苦，从个人情感经历来说，是否受到了具有三多摩浪士之魂的三郎的影响呢？

父兄死后一叶便成为一家之主，以代人洗濯衣物及缝纫衣裳维持生计。一叶早年因在暗处读书而患有高度近视，不适宜缝纫，同门学姐田边龙子（笔名花圃，与一叶同为"荻之舍"门生，是比一叶年长四岁的学姐，后来成为评论家三宅雪岭的妻子）以刊行其小说《薮中莺》（描写女学生当代风俗的小说）而一举成名，花圃用小说的稿费为亡兄举行了一周年的忌辰，可见稿费数额相当可观。一叶因此受到激励，遂决计专事小说写作，而将洗濯缝纫的工作委由母亲与妹妹操作。“一叶”的笔名，意即“一叶之扁舟”，便是在她十九岁那年所取的。当时又经由其妹邦子的友人野野宫菊子介绍而认识半井桃水，并请其指导小说写作的技巧。

桃水是一叶她生命中的第二个也是最令她难忘的男人，当时的桃水是东京朝日新闻社的小说记者，靠写面向大众的通俗小说为生，独自照顾弟弟浩、茂太和妹妹幸子。一叶的母亲帮桃水家做些缝补、洗涤的活儿。当一叶得知对方是朝日新闻社的小说记者时，受歌社中师姐田边花圃刺激准备靠写作为生的她在得到母亲的同意后，带着几篇习作去拜访了桃水。

明治二十四年四月十五日，那是一个下雨天，对世事尚且无知、对男性极少接触的一叶，从第一面起就被桃水吸引。一叶把对初次见面的桃水的感动和迷恋写进日记里——“无限欢欣，简直要落下泪来”。在窘迫的生活中，她常常赴上野的东京图书馆大量阅读、反复地写习作，征求桃水的意见。

桃水风姿俊雅，谈吐从容。与一叶的交流真诚持重，他自称为了养活家人，不得不写迎合大众、充满戏作味的通俗小说而感到难过，并真心劝告一叶即使是男子靠写作为生都很困难，还是另谋职业好。从小离家，体验过贫苦生活的桃水对一叶十分同情，决定尽力帮助她。时隔一周，两人再次见面，桃水认真看了一叶的习作后，指导她由雅文体向符合大众口味的通俗文体转变，并且还打算为她介绍朝日新闻的主笔小宫山桂介。一叶被桃水的真切关怀所打动。

翌年（明治二十五年）2月4日，一叶拿着处女作《暗樱》的草稿，从壱岐坂，穿过平河町，匆匆走到麹町的桃水住处。那天下着雪，“真砂町附近下着连绵的大雪，雪忽大忽小，但一刻也没停过。”冒着大雪，一叶坐上了人力车。这是一部尽情描绘的日记。《暗樱》载在桃水的杂志《武藏野》上，这是一叶的作品首次面世。桃水对一叶的提携和帮助尽心尽力，此后第二、三期《武藏野》上都发表了一叶的小说，他还推荐一叶在《改进新闻》上连载了《别离霜》。即使因为误会两人疏离，桃水依然在金钱上接济过一叶，而且将博文馆的大桥乙羽介绍给她，一叶通过乙羽在当时刚创刊的综合杂志《太阳》上发表了《行云》。

桃水待人接物颇有涵养。十九岁的一叶初次拜访桃水家，聊天聊到晚餐时间，桃水坚决留客，一叶婉拒不过，留下用餐。同年六月七日一叶再访桃水，不巧桃水不在，傍晚时晚餐送了过来，一叶吃完后，正好桃水归来。转年二月一个飘雪的日子，一叶到访桃水在平和町的隐居处，吃到桃水做的红豆汤圆，令一叶的恋慕之情达到极点。

樋口一叶《蓬生抄》记录了对半井桃水的印象，对他的依恋不可遏抑。“一时恼人，一时思恋。在外面听到他的事情，就感觉心跳加速。展读他的信，又忍不住热泪盈眶。心实太乱，迷梦未觉之中，竟然过了四十余日。七月十二日分别以来，无一日不思念，没有一刻忘得了他。”

一叶对于桃水暗生情愫并对他的帮助心存感激，此后的“民子事件”令两人的缘分破灭。这源自一个对于桃水恶劣品行的传闻：桃水妹妹的一个名叫鹤田民子的同学寄宿在桃水家，并与桃水发生了奇怪的关系，还生下了一个女儿，取名千代子。这一传闻使一叶十分震惊，足以摧毁她对桃水的美好印象。一叶误会民子是桃水的情人，并认为她生下的孩子是桃水的私生子。虽然后来桃水向一叶讲明了千代子是其弟浩与民子所生之女，可一叶到死都坚信千代子就是桃水的私生子。“民子事件”是两人关系的转折点，当然一叶对男人也始终不信任。从此一叶就不再把桃水当作恋慕对象，而仅仅作为老师看待了。

明治二十五年六月十二日，在中岛歌子母亲十日祭的聚会上，一叶被同门师姐伊东夏子责问她与桃水的关系。一叶发誓说“我心中无愧，是清白关系”，但经伊东夏子一说，歌社中还是怀疑。当时的社会氛围保守，有强烈伦理感的一叶找到老师中岛歌子，不料从她那儿听说，桃水到处宣扬一叶是其妻子的事。一叶对老师的话深信不疑，为了在她面前表现出对桃水的极度愤怒以及自己的清白，经过一番挣扎之后，她最终顺从师友之意，向桃水提出了绝交的请求。

此后一段时间一叶多与师姐田边龙子（花圃）有

来往，田边将一叶的作品推荐到《甲阳新报》与《都之花》，给一叶不少帮助。她发表的《阴沉木》讲述了当时海外兴起了日本陶器热，于是奸商们都乘势谋利，在这之中设定了一个具有艺术良心、忠贞地制作对得起自己的陶器的陶工与他妹妹的形象，这是一篇反衬二哥虎之助的热情之作，也被认为是受幸田露伴《风流佛》的启发而写成的作品。这部作品受到了星野天知的赞赏，此后平田秃木约稿，一叶与马场孤蝶、户川秋骨、岛崎藤村等其他青年作家展开交往，并在上述友人办的《文学界》上刊载作品。《文学界》是同仁杂志，一般不给稿酬，只有一叶是例外，给一点稿费。

一叶写作所得的这点收入对于家庭来说只是小补贴，全家仍不得不依赖母亲和妹妹代人缝纫、洗衣，甚至借贷、典当衣物维持。明治二十六年（1893年）六月二十一日的日记写着："著作尚未完成，这个月又将无一文收入。"内心的焦灼可以想见。为了改善生计，明治二十六年七月，母女三人搬家到游郭附近的下谷龙泉寺三百六十八号，开了一家卖儿童玩具、香、针线和点心的小店。那一带毗邻吉原花街妓馆区，环境嘈杂混乱。妹妹邦子照顾着店面，一叶则背着包袱，四处采购。这本是她为了维生的选择，然而在“荻之舍”那些阔小姐那里却成为谈资，她们揶揄一叶得了“杂货病”。

这个小店铺刚开张时生意相当惨淡，十月中有几天略有转机，但终于难以为继。一叶在这期间仍未辍小说创作，但唯于桌几之后端坐为文。她近距离地观察着吉原花街的凄惶烟雨，看尽庶民的人生百态。这些宝贵的体验，对于文学家的她来说，愈加丰富了写作的内涵，并滋润阔大其艺术生命。如果没有这段经历，很难说《青梅竹马》《浊流》等佳作会因缘问世。

濑户内寂听在《我的樋口一叶》中写道：“陀思妥耶夫斯基在《白痴》中被债主追逼，留下了旷古的杰作；而一叶被贫穷追逼，为了一家人的糊口而写，留下了名作。”“桃水和久佐贺义孝（都借过钱给一叶）都无缘激起一叶的肉欲，而教会一叶的，是不现身的金色雨美神，藏起黑角的黑衣的靡菲斯特（魔鬼）”，濑户老师的最后一句正是对久佐贺义孝暧昧的评价。

明治二十七年在龙泉寺区时，一叶认识了一位怪人，他就是与财政界来往的占卜师兼投机商久佐贺义孝，这部分经历是谜一样的阴暗部分，在她的作品和日记中也很少提及。一叶做生意捉襟见肘，想方设法借钱。走投无路的一叶采取了冒险的行动，拜访来历不明的天启显真术会的占卜师久佐贺义孝，一叶想做投机生意，想借一笔钱作为本金。久佐贺义孝欲借钱给一叶,从而与一叶幽会。“不知小姐是否愿意委身于小生？”他露骨地要求收一叶为妾。一叶愤慨地回绝。“我是慨叹世道衰败，想放出一点光明，怎能只为了逃避目前的苦难而出卖女子最宝贵的贞操呢。”

一叶在日记里蔑视久佐贺，话虽如此，但之后一叶又和他有过赠答。她与久佐贺义孝之间奇异的交往、艰难的借钱生活持续了一年多，而这位怪人的确在资金方面给予过不间断的援助。一叶与其周旋，往来书信亦多媚语，昔日旧友无不冷眼鄙弃。一年多之后，一叶恢复了冷静，重新找回自我，在精神上开始新的追求。

樋口一叶的小说和日记

《十三夜》中的阿关、《大年夜》中的女佣阿峰、《岔路》中的阿京、《青梅竹马》中的美登利，这些一叶作品中的女主人公身上或多或少能看到一叶的影子。《十三夜》中阿关这样的明治女性，据说取材自姐姐藤的不幸婚姻生活，作为下级官吏的女儿，她同时受丈夫和娘家的双重压抑，是一个“半死”的女性象征。阿关的自由被自己的孩子剥夺，被父母、弟弟以及家庭剥夺，并且作为一个飞上枝头作凤凰的平民女子，包袱更加沉重。一叶通过刻画阿关这个人物，鞭挞了父权、夫权对女性的压制，一叶和阿关一样也是个肩负家庭责任的人，生活重压常让她苦不堪言，因此在阿关的身上，我们也会看到一叶性情的存在。

作品中阿关的丈夫——原田勇的创作原型就是曾与一

叶有过婚约，但又毁婚的涉谷三郎。一叶借着阿关的口，来发泄藏在心中的对涉谷三郎的感情。作者认为在以男性为中心的社会里，逼得阿关这样的女性无路可走，只能听任摆布。常因为男性的利益，作为商品由男性们在“家”的市场里随意买卖，所有抵抗都无济于事。

运用压抑的笔调从内部开始描写当时的社会状况，进而让人联想到社会的外部，这部小说具有一叶小说后期的一大特色。阿关嫁到了富裕的原田家，为丈夫原田生下了小孩，然而她总被丈夫斥责，不断数落她娘家的缺点，除此之外原田在外多与妓女来往，阿关无法忍受他的行径，毅然离家出走。归家后，愤慨的双亲说道：“这就是你天生美貌带来的不幸，你因为不相应的缘分而嫁到富裕之家，就要经历这些痛苦。”他们让阿关为了孩子也要忍耐下去，而且弟弟就职也是靠原田之力，阿关的父母也不得不继续忍耐。他们三人都泪流满面，然后喊了人力车把阿关送回去。

凑巧的是人力车车夫是阿关青梅竹马的恋人高坂绿之助，他原本是烟草商的儿子，因为阿关成婚，自暴自弃，穷困潦倒。两个人并肩走在十三夜的月亮下，阿关回忆起自己当时在烟草店买东西以及发呆的事情，心中一直不能忘怀的男人如今成了这个样子，自己也被命运所捉弄，她不禁哀叹不已，但绿之助脸上只是浮现出了空虚和绝望的神情。

《大年夜》中女佣阿峰因为打坏了水桶而受到了主人的激烈斥责。阿峰父母去世，孤苦伶仃，当用人之前受到开蔬菜铺的舅父舅母照顾。舅父安兵卫生病，全家生活艰苦，阿峰申请探望亲人，当她看到舅母靠做针线活度日，八岁的小弟三之助每天卖蚬赚钱，不由得泪流满面。家里到了除夕夜就该还高利贷利息，阿峰却无法预支出工资。舅父家希望她向主家借款，主人后妻刻薄寡情，愣是背弃承诺，三之助为了要钱来找阿峰，阿峰趁着主人夫妇不在，偷了两日元给了三之助。主人前妻的儿子石之助与继母关系很差，为了反抗父亲和继母，变得无赖成性。他当天夜里强行从父亲那里拿走五十日元，阿峰怕被发现准备自首，可文件箱里的钱也全被石之助拿走了，他还留下纸条。大家都以为是浪荡子石之助所为，没人来质问阿峰，阿峰也因此逃脱了苛罚。

一叶写作《大年夜》时，家里贫困至极，小说写出了生活的苦不堪言，采取平铺直叙的方式，文中没有丝毫的控诉，最后却用幽默的笔调化解了阿峰所处的危机。据说小说中的石之助原型是一叶的二哥虎之助，阿峰偷钱的情节是由于在“荻之舍”曾蒙受不白之冤的启示，同时一叶也做过老师中岛歌子的帮佣，中岛也是个吝啬刻薄的人，那个主人后妻或许就有老师中岛的影子。

身处逆境依旧顽强抗争的《浊流》中的女主人公阿力，取材于自家附近酒馆的一位女妓的生活经历，也被认为是一叶的分身。因为她的身上浮现出了一叶的性格、心理以及经历。源七痴迷于阿力，搞得倾家荡产。即使是这样，他仍对阿力念念不忘，他与妻子发生激烈争吵，逼得妻儿离开。一叶与阿力都受生活所迫，喘息在资本扩张和封建家族的双重压迫下，一样经历过两段刻骨铭心的爱情。一叶通过阿力来高喊社会的不公，源七即使沦落为苦力，也从未放弃过对阿力的爱。这种执着只有一个感觉，是一叶用来讽刺当年三郎撕毁婚约，对一叶的无情。一叶也正是羡慕源七的这份执着，用它来想象当年三郎即使遇到困难也一心一意对待自己，稍稍弥补对自己第一段感情失败的些许遗憾吧。

在与《文学界》同仁的接触和交流过程中,一叶接受了浪漫主义的文学理念, 以自己亲身体验为素材,写下了具有自传性质的小说《雪日》。《雪日》这篇小说描写主人公阿珠与东京来的教师桂木一郎邂逅,产生了恋情。她不顾周围的风言风语,在一个下雪的日子造访了教师家,两人双双出走。阿珠虽然获得了解放,但她并不感到喜悦,内心反而后悔自己不知廉耻,自私自利。这反映了作者在自由恋爱问题上所表现的自主意识, 也反映了她对待旧道德的矛盾态度。

这部小说宣扬了超越世俗的恋爱,为女性求得个性解放和自身价值发出了可贵的一声,加上浪漫的语言和技巧的表现, 完全体现了近代浪漫主义的文学精神和恋爱观。小说中桂木一郎原型便是一叶恋慕的对象半井桃水，取材于她与桃水在雪日里会面的一段经历，然而在现实生活里，一叶还是屈服于世俗的压力,与桃水别离,她那暗淡生活中的唯一亮色烟消云散。

如果阅读一叶日记，就会发现明治二十五年四月在下雪天拜访桃水的事情是同名小说《雪日》的出处，比起小说来更令人印象深刻。同年十二月二十八日一叶访问了母亲的旧主人旗本稻叶宽，他由原来俸禄二千五百石的人沦落为一个人力车夫，一叶由此得到了更多的素材，这也被写进上面提到的《大年夜》和《十三夜》里。所以一叶的日记与她的文学作品起到互补作用，尤其对于研究者而言。

明治二十七年，一叶搬迁到本乡（文京）丸山福山区，到明治二十九年十一月二十三日因肺结核而辞世，这两年间她专心从事创作、古籍讲习和日常交友，变得愈发繁忙。她与文学家以及评论家交往很多，有川上眉山、上田敏、斋藤绿雨等各种人物，并在自己家里讲授《源氏物语》和《徒然草》，弟子中有安井哲（之后的东京女子大学校长）。这一期间她的日记中记录得非常详细，一叶用抑制的笔调写出了一种文坛内部史，巧妙展现出了那些文人们各种各样的性格品质。

明治二十九年四月因受到《栅草纸》的《三人冗语》中三位作家（森鸥外、幸田露伴、斋藤绿雨）的赏识和赞誉，一叶受到了很多人的关注，其中有好奇也有赞赏，但一叶并没有沉溺于其中，而是冷眼看待。面对“紫式部、清少纳言之后数百年，取而代之者非汝莫属”这样高调的殊荣，一叶在日记中写道“只不过是草端一萤，一时之光，虚无之名而已”。

明治二十九年（1896年）四月一叶患肺疾，随后肩酸和头痛开始恶化，幸田露伴常来登门探病，与一叶聊天。斋藤绿雨四处奔走，求医问药。他拜托森鸥外找到名医青山胤通博士看诊，博士回天乏术，只得叹息地告诉一叶的妹妹邦子，“想法给她做点好吃的吧”。11月23日清晨，一叶归西，来守夜的有斋藤绿雨、川上眉山、户川秋骨，二十五日在十几名送葬者的护送下，葬于筑地本愿寺。葬礼那天，森鸥外提出要骑马随棺出殡，妹妹邦子婉拒说：“这么寒酸的葬礼，怎好意思让人家参加呢。”

一叶的妹妹邦子很小就去专科校学习缝纫，帮助姐姐操持家务。姐姐去世后又为她保管日记、手稿，是一叶至为忠诚的姊妹。一叶生前要妹妹把日记“烧掉扔掉”，而妹妹视如珍宝，悉心保存。现存的一叶日记从她十六岁开始，自明治二十年一月十五日到八月二十五日的片段《身上的旧衣卷一》起，到明治二十九年七月二十二日中途搁笔的《秘密上日记》，之后每年的日记题名都有所不同，像《嫩叶碎片》《嫩草》《蓬生日记》《我的绸巾》《路边的露珠》《尘中日记》和《水上日记》等。

一叶的日记与小说不同，是用流畅美丽的文体传达了一叶每日的行动与思想，其文学性获得了很高的评价。虽然有的部分断断续续，但根据妹妹邦子所保存下来的部分和她的记忆基本可以了解到全部的内容。关于一叶日记的出版曾引发争论，昔日友人有的赞同遵从遗愿不公布，有人则认为这是一叶可贵的作品，应该公之于世。明治四十一年由博文馆出版了一部分，但是遭到森鸥外的反对，直到明治四十五年才又被印刷出版。之后日记数次被《一叶全集》所收录，其全部内容也渐渐呈现在众人面前。

全部日记的面世是在昭和二十八年八月由筑摩书房

出版社出版的《一叶全集》。这些日记都是一叶忠于内心的自我表述，疏淡的部分可以看作是简略的私小说，详细的部分可以感觉到日记具有更高的文学性且被精心润色，从一叶的文学作品和日记的对照中，会发现她的日记是窥视一叶个性和研究一叶不可或缺的资料。通过日记可以更丰富地了解到一叶短暂且瑰丽的一生，所以她自身、她的小说以及日记这三者的关联性也是研究一叶难以绕过的话题。

本文作者简介：

任知，诗人、作家、日本文化学者。曾主编独立诗刊《个》，著有诗集《孤屿心》、日本文化集《完全治愈系》《东瀛文人风谭》等，现在主要从事日本文化研究。

目 录

挥毫书写庶民悲欢的明治紫式部

——话说樋口一叶

我恨自己迄今不曾写过一篇如《青梅竹马》般优秀的作品。

——幸田露伴

一叶虽然只活到二十四岁，但只要阅读其作品，就会从中发现她像老人般洞悉世间炎凉。年轻女子的热情洋溢和年长者的睿智，不可思议地在她身上融为一体。

——岛崎藤村

樋口一叶天分极高，所写的女主人，多是自己的化身，所以特别真挚。后期的著作，如《浊流》《青梅竹马》等，尤为完善，几乎自成一家。……一叶在明治文学史上好像是一颗大彗星，忽然就去了。

——周作人

一叶女史总是穿得十分整齐、傍着小桌坐着，端端正正地提起笔来写小说，像是做一件十分郑重的事一样。

——泉镜花

身为一名独立自主的女性，樋口女史在那个时代可说是例外中的例外。不论思维还是表现力都相当敏锐，这不仅是就一名女性来说，即使是在芸芸众生中她仍是具有非凡才情的人。因此，我们不应该只将她视作一名女性。在那个时代，她的能力足以与男性并驾齐驱。

——相马御风

一叶女史为日本女性挺身而出，将生为女儿身的悲哀诉诸世间。

——秋田羽雀

和贫苦对抗、和写作的痛苦对抗，她做好觉悟，亲自走上作家这条困难的道路，并且在她短暂的生涯当中，与最好的素材有了绝佳的邂逅，成就《青梅竹马》这部杰作存留人间，还有什么比这更令人感到满足的事了呢？

——杉本苑子

樋口一叶可能是日本文学史上最短寿的知名作家，但她寄居东京都市一隅陋巷，冷眼看尽世态，将庶民众生的欢愁收入笔底，写作到生命的最后一刻。

——林文月

樋口一叶是打破花柳街与一般社会之隔的先驱，无论是妓女还是女作家、女诗人，她都视作同等的女性去描写。

——关礼子（樋口一叶研究者）

浮生如同一叶扁舟

——樋口一叶小传与重要著作年表

樋口一叶，本名樋口奈津，1872年出生于当时东京府正中心位置的一栋官舍内，那是一叶的父亲樋口则义怀抱着出人头地的梦想，从农村上京打拼，不惜以金钱买来官职的小小生存之地。樋口一叶能够在女子无才便是德的时代背景中成为女流作家，曾在阶级制度泥淖里打滚的父亲无疑是她坚强的后援。然而，樋口一叶十七岁那年，父亲经商破产、债台高筑、生病逝世，迫使她不得不肩负起一家之计，和母亲、妹妹简居陋巷，以女红粗活谋生，苦劳中越发坚定了文学创作的志向。

勤勉好学的樋口一叶利用商事余暇自修小说写作，经由亲友与和歌私塾牵连起的人际网络使她得以与文人相互往来切磋，二十岁发表《暗樱》《埋木》打响文名，隔年活用居住在龙泉寺町贫民窟积累起来的生活体验，将写作重心移至社会底层的庶民女性，自1894年12月至1896年1月的十四个月间，接连发表了《大年夜》《青梅竹马》

《十三夜》《浊流》《行云》《岔路》等生涯代表作，深受森鸥外、幸田露伴、斋藤绿雨、高山樗牛等文人赏识，为日本近代文学史上“奇迹的十四个月”。可惜笔墨文名并未如预期纾解她贫困的生活处境，因为长年贫困交加、营养失调导致病魔缠身。仿佛呼应“一叶”这个笔名，她的一生如同漂泊于浮世江海上的一叶扁舟，辗转而零落，终因肺结核病逝，得年二十四岁。

1883年（明治十六年）	12岁	虽于高等科第四级以榜首之姿完成学业，却因为母亲认为『女孩子书读再多也没什么用，还不如好好地学女红、做家事比较实际』而被迫休学，樋口一叶对此始终感到耿耿于怀，曾在日记里写道『被强迫辍学，让我悲愤欲死』。
1881年（明治十四年）	10岁	11月，转到上野元黑门町的私立青海学校就读。
1879年（明治十二年）	8岁	传闻一叶读完了读本作家曲亭马琴的代表作《南总里见八犬传》。
1878年（明治十一年）	7岁	6月，自吉川小学第八级毕业，升读第七级，却在同年辍学。喜爱读书的一叶开始嗜读绘有插图的草双纸类娱乐书籍。
1877年（明治十年）	6岁	3月，以未满六岁之龄被父亲送往本乡小学就读，因太过年幼于三月底遭到退学，直到秋天年满六岁时才进入私立吉川学校就读。
1872年（明治五年）	1岁	5月2日出生于东京府第二大区一小区内幸町（现东京都千代田区）作为官舍的长屋内，本名樋口奈津，是家中的二女。

1890年（明治二十三年）	19岁	5月，以荻之舍内弟子的身份入住中岛家。虽然得到中岛歌子的引荐有机会成为女学校教师，却因学历不足无从实现。 9月，搬到本乡菊坂（现东京都文京区）和母亲、妹妹从事针线、洗碗工等粗活。
1889年（明治二十二年）	18岁	7月，父亲樋口则义逝世，一叶成为户主担起养家糊口的责任，跟三郎的婚约关系也因三郎单方面撕毁婚约并索还高额彩礼而在父亲死后解除。
1888年（明治二十一年）	17岁	6月，同属『荻之舍』的学姐田边花圃获得坪内逍遥赏识，出版第一本由女性书写的近代小说《薮之莺》并大获好评，刺激一叶兴起以创作小说谋生的念头。长兄泉太郎逝世。
1886年（明治十九年）	15岁	8月，透过父亲医师友人远田澄庵的介绍，入门上流阶级中岛歌子的歌塾『荻之舍』。
1885年（明治十八年）	14岁	在家长介绍下，和支持自由民权运动的自由党员涉谷三郎缔结婚约关系。
1884年（明治十七年）	13岁	1月，相当珍视一叶文才的父亲请托友人和田重雄为一叶进行和歌教学。

年份	年龄	事迹	作品
1893年（明治二十六年）	22岁	2月，《晓月夜》发表于《都之花》。3月，《下雪天》发表于《文学界》。7月，搬到下谷龙泉寺町，与母亲、妹妹共同经营一家杂货店铺，位在风月场所吉原游廓附近，载着前往吉原客人的人力车于店铺门前络绎不绝。一叶近距离地观察吉原及其周边的人和事物，成为她文学创作的第二次转机。12月，《琴音》发表于《文学界》。	《晓月夜》 《下雪天》 《琴音》
1892年（明治二十五年）	21岁	3月，起用『一叶』为笔名，发表处女作《暗樱》于半井主办的《武藏野》杂志创刊号。4月，《晚霜》发表于《改进新闻》，《玉梓》发表于《武藏野》。6月，和半井之间的绯闻引发恶评，在中岛歌子的劝说下与之绝交。7月，《五月雨》发表于《武藏野》终刊号。10月，《经桌》发表于《甲阳新报》。11月，在田边花圃的介绍下开始连载《埋木》于《都之花》，不仅是一叶的成名作，也为她赚来第一份稿费。	《暗樱》 《晚霜》 《玉梓》 《五月雨》 《经桌》 《埋木》
1891年（明治二十四年）	20岁	决心以写小说谋求生计。4月，在妹妹邦子友人的引荐下认识时任朝日新闻小说记者的半井桃水，并在半井的指导下学习小说写作，成为一叶文学创作的第一次转机。	

年份	年龄	事项	作品
1896年（明治二十九年）	25岁	1月，《吾子》发表于《日本乃家庭》，《分道》发表于《国民之友》。2月，《里紫》发表于《新文坛》。4月，肺结核病发。5月，《破壳》发表于《文艺俱乐部》。11月23日，因肺结核死于本乡区丸山福山町宅内，留下了大量日记、随笔、小说片段与和歌作品。死后葬于杉并区筑地本愿寺和田掘庙所，法名智相院释妙叶。	《吾子》《分道》《里紫》《破壳》
1895年（明治二十八年）	24岁	创作巅峰的一年。1月，《青梅竹马》发表于《文学界》。4月，《檐月》发表于《每日新闻》。5月，《行云》发表于《太阳》。8月，《空蝉》发表于《读卖新闻》。9月，《浊流》发表于《文艺俱乐部》。12月，《十三夜》发表于《文艺俱乐部》。	《青梅竹马》《檐月》《行云》《空蝉》《浊流》《十三夜》
1894年（明治二十七年）	23岁	2月，《花洞》发表于《文学界》。5月，收掉龙泉寺町的杂货店铺，举家搬迁至本乡区丸山福山町，同时开始担任『荻之舍』和歌助教。7月，《暗夜》发表于《文学界》。12月，《大年夜》发表于《文学界》。这一年开始至过世前许多文坛要角陆续来访，如星野天知、岛崎藤村、泉镜花、幸田露伴等人。	《花洞》《暗夜》《大年夜》

参考资料：
一叶纪念馆：http://www.taitocity.net/zaidan/ichiyo/
樋口一叶与水仙．樋口一叶略年谱：http://www.japanesedoll.jp/ichiyouhiguchi/index.html
杉山武子的文学梦街道．樋口一叶豆知识：http://www5a.biglobe.ne.jp/~takeko/index.htm

大年夜

上

井需以滑轮汲水，绳长十二寻[①]。厨房面北，十二月的干冷风呼啸吹过，真是冷得令人受不了，我在炉灶前烤火取暖不知不觉从一分钟延长到一小时，连这种芝麻小事也被当成滔天大罪斥责一顿，女佣的境遇真是艰辛啊。

当初介绍所的老婆婆说："这里的小孩共有男女六人，但经常在家的只有长子与老幺两个人，太太的脾气虽然有点反复无常，但只要懂得察言观色就没什么大碍，总之就是喜欢人奉承的性格，就看你怎么灵活应对。和服的衬领、半襟、围裙的腰带都不会少给你，他们的家产是城里第一的，可是吝啬也不下第二。幸好老爷人好，应该也会给点临时收入吧？要是你厌烦了就寄张明信片给我，不

① 一寻约六尺。

用写什么细节，只要你希望我帮你找其他工作，我就会替你到处奔波。总之，当用人的诀窍就是表里不一。”听到这些话，我觉得这个人真可怕，但我也不想再麻烦这个老婆婆，总之只要我调整心态，下定决心一心一意认真工作就会讨人喜欢了吧！于是，我开始侍奉这个像魔鬼般的主人了。

试用期结束的三天后，七岁的小姐下午有舞蹈的成果发表会，我被吩咐准备烧热水伺候小姐晨浴，在霜水结冰的拂晓之际，太太在暖和的被窝中敲响烟灰缸，吆喝我干这干那。这种声音简直比闹钟还令人心惊肉跳，不等她喊三声我就利落地从腰带先把揽袖带束好，来到井边发现月光还照在洗碗池上，刺骨的寒风顿时使我睡意全消。

浴池虽然不大且装有炉灶，但是要放满水还是得一次打满两桶水，倒进浴池十三次才行。我大汗淋漓地挑水，穿着用竹皮制成木屐带的水工用木屐，鞋齿歪扭又鞋带松弛，脚趾要是不抬起就好像快松脱似的，穿这双木屐拿着重物，走路更加不稳，一不注意就在池边的冰上滑倒，连叫的时间都没有就横倒下来，胫骨朝着井的侧面狠狠撞上，在可爱又白皙到令白雪也自愧不如的肌肤上留下了鲜明的紫色斑痕。提桶也被顺势甩了出去，一个完好，另一个的底部却脱落了。虽然不知道这个提桶价值多少，但太太为了这个提桶好像要破产似的，额际爆出可怕的青筋，从伺候早餐开始就一直瞪着我，一整天她都没说话，但是隔天就开始鸡蛋里挑骨头，日夜训斥“这家里的东西可不是免费的，是主人的东西就不爱惜，是会遭天谴的”。每次有人来访还会被数落一番，让我暗自感到丢脸不已，之后对任何事都格外谨慎小心，总算没再出差错。

“世上虽然有很多人家雇用女佣，但应该没有一户像山村家这样频频替换女佣的吧？一个月换两个人尚属稀松平常，有的三四天就走人了，还有待一晚就逃跑的呢！要是计算从雇用女佣以来的人数，屈指算数恐怕也会让那位太太的袖口磨损了。这么一想，就觉得阿峰真是勤奋不懈，要是无情地对待她，马上就会有报应的。即便现今的东京幅员广阔，恐怕也没有能在山村家工作的女佣了。这实在很令人钦佩，这份用心确实了不起。”虽然也有人如此称赞，但是男人总是会立刻说：“最重要的是容貌无可挑剔。”

入秋以来，我唯一的亲人舅舅病倒了，做生意的蔬果店也不知何时关门了。听说他住在同一城镇小巷的出租屋里，可是我侍奉一个难以取悦的主人，更何况还先预支了工资，就等同卖身一样，想提出去探望的请求也难以启齿。太太就连阿峰一丁点的外出跑腿时间，都会紧盯着时钟看，严格计算要走几步几条街。我虽然想偷跑，但只怕坏事传千里，会让过去得来不易的艰辛工作成果化为一场空。要是被解雇更会让生病的舅舅担心，到时即使寄宿在他们穷人家一天也觉得过意不去。这几天姑且就只好写信送去，过着身不由己的日子。

到了十二月，家家户户都处在岁末的忙碌中，这种时候还特别挑拣绫罗绸缎来盛装打扮，听说是因为前天某部戏剧的歌舞伎人气演员全员到齐，还有这出歌舞伎狂言[①]也恰好是有趣的新剧，小姐们吵着不能错过。于是，决定在十五日去看戏，此行很难得的全家都一起参加。若是平

① 狂言有能狂言与歌舞伎狂言两种。歌舞伎狂言在近世的歌舞伎兴起后，以有剧情与引人发笑的演出节目引人注意。引文来自刘崇稜所著的《日本文学史》。

时，陪同参加会是一件非常值得高兴的事，但父母双亡后，唯一重要的亲人卧病在床却没去探望，我根本没有去游山玩水的资格。就算惹主人不高兴也无所谓了，所以拜托了主人让我请假去探望舅舅代替去游玩看戏。幸好，多亏平日认真工作有了成果，过了一天，主人随口答应让我早去早回。我记得才刚说完谢谢太太，下一瞬间人就已经在车上往小石川出发，只知道焦急地问："还没到、还没到吗？"

虽然初音町听起来很高级，但其实是个世事烦忧的贫穷城镇。老实人安兵卫的正字标记，就是好像有神明栖身的那颗闪亮亮的大秃头，虽然可以在田町到菊坂一带贩卖茄子与白萝卜，但因为是经营小本生意，只能卖些便宜又量多的东西。店面没有陈列盛装在船形容器上的胡瓜以及稻草包的松茸这类的时蔬。虽然会被众人取笑蔬果店的商品无论何时都一成不变，像早就记在账本上似的，但庆幸有老主顾帮忙，勉强还是能维持一家三口的生计。他们的儿子三之助满八岁也开始到五厘学校[①]上课，但就在无情

① 贫民学校。

秋天的九月底，突然寒风刺骨的某个早晨，安兵卫把采购的货物扛进家里后，就这么发起烧来，烧到连骨头都痛。从此以后过了三个月，直到今天都无法做生意，生活也逐渐缩衣节食，最后甚至沦落到把挑东西的扁担都卖了的处境，店铺只好关门大吉。即使羞于见人，也只能迫不得已住在一个月五十钱的小巷出租屋了。搬家的时候，本来有着要再回到店里的打算，但眼下已是让病人搭车就载不下任何行李的惨状，只得带着单手就能提起的一点行李，就这样退居同一城镇的角落里。

阿峰下车后，到处寻找舅舅的住处，此时她来到屋檐挂着风筝和纸气球用来吸引小孩的平价糖果店前，探头看看三之助会不会混在里面。没看到他的人影使她不禁感到失望，还好一看大街上，发现对面有个枯瘦小孩拿着药瓶走路的背影，这个男孩比起三之助更高更瘦，模样像极了他，于是她径自跑上前去确认他的真面目。结果他说："啊，是姐姐。"我也回他："哎呀，是小三啊，还好我找到你了。"于是，我们一起走进卖酒与烤地瓜的店铺的深处，踏入水沟盖咔嗒作响的昏暗小巷里。三之助跑在前头，在门口高声呼喊："爸爸、妈妈，我带姐姐回来了。"

"什么，阿峰来了？"安兵卫坐起身来，妻子也停下正在专心做的兼差针线活，说道："哎呀呀，真是稀客啊！"高兴得差点和阿峰握起手来。阿峰看看房子里，只有一间三坪房间，摆了一个橱柜。虽然家里一开始就没有衣柜或衣箱，但是也不见眼熟的长方形火盆。只见一个和今户烧的方形器皿相同形状的箱子里装有东西，看来那是唯一的家具了。听说已经沦落到连米缸都没有的地步了，实在令人悲哀。在同样十二月的寒天下还有人是去看戏的，阿峰想到这儿不禁落泪。"风很冷，请躺着吧！"阿峰一边说着一边把一件如烤硬的日式煎饼的棉被盖到舅舅的肩膀。"您想必吃了很多苦吧？舅妈您也消瘦了，可别连您都操心过度生病了。舅舅的身体有没有渐渐好转呢？虽然曾写信问候过，但还是觉得要亲眼确认才行，今天总算等到有空可以来了。住处怎样是其次，只要舅舅痊愈了，店面可以恢复营业就好了，您可要早日康复喔！虽然想着要带点什么来探望您，但路途实在遥远，我急急忙忙的，车子也慢吞吞的，又错过了糖果店。这是我剩下的零用钱，主人家曲町的亲戚来访时，那位老奶奶因妇科病发作而痛苦不堪，我彻夜帮她按摩腰部得到的赏钱，说是给我拿去买件围裙什么的。虽然山村家很严格，但是其他人对我很好。舅舅您放宽心吧！我的工作并不困难，这个束口袋和衬领也都是人家送的，这条衬领对我来说太朴素了，给舅妈用吧！束口袋只要稍微改变形状，刚好就可以给三之助当便当袋了。对了，他有没有去上学？给我看看他的笔记本吧。”阿峰说这道那的，说了很多知心的话。

阿峰七岁的时候，父亲为了帮客户盖仓库而站上施工架，手上拿着涂第二层墙壁用的抹刀，一回头想对下面的用人吩咐事情，就从他早该习惯的施工架上掉了下来，不知那天是不是碰上了标着黑色记号的佛灭日[①]，摔下来又刚好不幸地一头撞到因改装花样而挖出来堆在地上的铺路石切角上，就此一命呜呼。之后每个人都觉得可怕，认为这就是四十二岁大厄运的前厄，真是可怜。安兵卫与阿峰

① 日本佛教徒认为，在佛灭日这个日子做任何事都不顺利，所以诸事不宜。

的母亲是兄妹，所以母女二人投靠到他那里。可是，两年后母亲也突然得了重病逝世，其后阿峰就把安兵卫夫妻视为父母一起生活，直到十八岁的今天都不曾忘记他们的恩情。三之助称她为姐姐，她也把三之助当成亲弟弟一样疼爱。唤他“过来过来”，抚摸他的背凝视他的脸告诫他：“爸爸生病了，你一定很孤单又很难过吧？马上就要过年了，姐姐买些东西送你，你可不要给妈妈添麻烦喔！”舅舅一听马上说：“哪里会添麻烦啊，阿峰你听我说，他才八岁却个头大也很有力，自从我卧床不起以后就没人负担家计，只会一直花钱，我们万分苦恼的样子他看不过去，就和外面卖咸鱼的小子一起挑着蚬贝沿街叫卖。那小子如果卖了八钱，我儿子就一定能赚到十钱，可能是老天爷看他孝顺。总之药费都是小三赚来的，阿峰你也称赞称赞他吧！”舅舅说着说着，便蒙上棉被语带呜咽。“他很喜欢上学，从来没让我们操心过，吃过早餐就赶紧出门，三点放学也不会绕去别的地方，而是直接回家。不是我自夸，连老师也称赞他。因为家里穷才让他挑蚬去卖，你想想我们做父母的心情，在这种大冷天还让他那双小脚穿着草鞋啊。”舅妈说着也流下泪来。阿峰抱紧三之助说：“你真是世上无与伦比的孝子，就算个头长得再大，八岁还是八岁，肩膀挑扁担会不会痛呢？脚是不是被草鞋磨伤了？请原谅我，我今天开始就回家帮忙照顾舅舅并协助负担家计。本来不知道这些事，直到今天早上我都还在嫌吊桶绳子结的冰太冷，做姐姐的竟然让还在上学的小孩挑蚬去卖，自己却穿着长和服。请舅舅帮我向雇主辞职，我不要再当帮佣了。”阿峰说着说着也心慌地哭了起来。三之助很乖巧地避免让人看到他落泪而低下头来，如此一来反而露出他衣服上肩膀附近破掉的接缝，阿峰一想到这是因为挑扁担造成的，更觉得难过。安兵卫听到阿峰想辞职，说：“辞职不可行，你的心意我很高兴，但是回到家里，你一个女人家也赚不了什么钱，更何况你也跟雇主预借过工资，说到这个就更不能走人了。刚开始当用人很重要，不能因为觉得辛苦就要回家。你要细心伺候主人，我的病不会拖很久，等我稍微好点，打起精神，马上就能做生意了。今年还有半个月，到了新年就会有好事降临。凡事都要忍耐，三之助忍着点，阿峰也忍着点吧！”说着收起了眼泪。

“虽然没有丰盛的大餐可以请你吃，不过有你爱吃的今川烧[①]和炖芋头，多吃点吧！”阿峰听到很开心。

“虽然不想劳烦你，可是眼看着就要大年夜了，家里的困窘使我胸口沉闷，这倒不是因为生病，而是担心——刚开始卧病在床的时候，我跟田町的高利贷借了十元，并约定三个月后还钱，一元五十钱是预先扣除的利息，真正到手只剩八元半。我在九月底借钱，这个月就是还钱的期限了，但是我们这样子怎样都还不出钱，你舅妈跟我面对面商量后，做家庭副业做到手指流血，一天也才赚十钱，这种事说给三之助听也没用。阿峰，你的主人在白金台町有几百间出租的长屋[②]，光靠那些租金就足以让他打扮得光鲜亮丽。有一次我去找阿峰曾经到过门口，看到那座不花千两建造不出来的仓库，实在是令人称羡的富贵啊！阿峰，你也侍奉这个主人一年了，讨人喜欢的用人，稍微拜托讨点钱应该没关系吧？你就哭着哀求说这个月底要改写

---

① 亦即车轮饼。

② 一栋房子隔成几户合住的住房。

借据，只要再支付利息一元五十钱就可以再延期三个月了。虽然这样好像很贪心，可是过年要是没在街上买年糕、正月初三没有动筷子吃年糕汤的话，对于还没独立生活的三之助来说，我这做父亲的就太没用了。在大年夜之前，能不能请你跟主人开口借两元呢？这件事太难以开口，也只有这次筹钱困难我才会开口的。”阿峰考虑了一阵子，说：“好的，我来负责。有困难的话，我就拜托主人当作是预支工资。外表看起来总是和实际不一样，不管到哪儿钱都是很难解决的事，还好金额并不大，用这点钱就能解决这件事的话，说明理由主人就会同意吧。不过我还是得好好做事才行，那今天我就回去了，下次放假回家应该是新年了，到时候希望大家都能有笑容。”于是阿峰答应了此事。

“那钱要怎么领取？让三之助去拿吗？”

“嗯，就这么办吧。平常就很忙了，大年夜我应该一点空闲都没有，虽然要他跑那么远很可怜，不过就拜托小三吧。中午以前我一定会准备好钱。”就这样顺利接下请托后，阿峰回去了。

下

石之助是山村家的长子，因为他的母亲不是现在的太太，所以父亲对他的爱也比较淡薄。十年前他偶然听见家里商量打算把他送给别人当养子，再从妹妹当中选一个当继承人，这件事令他很不愉快。他想既然现今社会根本不可能断绝父子关系，不如尽情地玩乐来弄哭继母，也忘了有父亲这回事，从十五岁的春天就开始做坏事。他相貌英俊、聪明伶俐，肤色虽黝黑但样子讨人喜欢。虽然和附近女孩们之间也传过些风风雨雨，但胡闹乱来也只限于一直去品川的妓院，放荡行为就是半夜飞车把车町的流氓们叫起来，买酒又买下酒菜，花到钱包见底，以彻底乱来为乐。“如果让这种人继承财产，就像在石油槽里放火，家产会像烟一样消散，剩下的我们什么也没有，其他的兄弟姐妹很可怜啊。”继母总是不断向父亲进谗言。尽管如此，在这世上不会有人愿意接收这个败家子当养子，不如把手头的钱分一些给他，让他提前退休另立门户。虽然家里这么私下商量决定，但他本人还是漫不经心当作耳旁风，一副我才不会上当的样子。

“财产分我一万，每个月还要送来退休的生活费，别干预我玩乐。父亲死了以后我就是妹妹们的抚养人，就算要买供奉灶神的一根松枝装饰，也要听我这个受尊敬的哥哥下神谕才行。毕竟我是另一户的主人了，要不要为了这个家工作是我的自由，这样也行的话，那就照你们说的做吧！”石之助故意说些让人讨厌的话，令人伤脑筋。当他从众人的口中得知山村家比起去年又多了长屋，收入应该也加倍了，他说道：“怪了，怪了，存那么多钱是要给谁啊？有道是‘火灾起于油灯盘’，自称长子的火球正在滚动喔，不久就会把山村家的财产搜刮一空，让你们也能过个好年。”石之助这番话让伊皿子附近的穷人们很开心，也定好了大年夜要痛饮一番的场地。

“哥哥回来了。”只要一听到这句话，妹妹们就很害怕，她们会小心翼翼地对待石之助。因为大家对他百依百顺，他也就更加为所欲为，两脚伸进暖桌里，粗暴喊着：“给我拿醒酒的水来。”虽然觉得他很令人讨厌，但终归母子一场，母亲只好藏起背地里的刻薄话，还怕他着凉拿了小棉袄之类的给他，甚至拿枕头让他靠着。太太接着故意在他枕边大声说："为了明天做准备，我要去撕小鱼干，让别人来做的话会糟蹋食物。"借以展现自己很节俭。接近正午时，阿峰很担心与舅舅的约定，也没时间斟酌太太的心情好坏了，趁着些微的空当把头上的手巾取下揉成一团说："之前曾拜托过您的那件事，很抱歉在这么繁忙的时候提起，但是到了今天过午，那是一笔和对方约好、很要紧的款项，若您能相助的话是舅舅的福气，我会很开心，您的恩情我没齿不忘。"阿峰搓着手拜托太太。一开始提出这件事的时候，太太就是模棱两可地，这算是答应了吧？凭着太太这种回应，考虑到她又情绪多变，多次叮嘱她弄不好还会被讨厌，所以阿峰才忍到今天，但与舅舅的约定是今天的中午前，太太不知道是不是忘了，什么也没提起，根本不当一回事。忍着这件急迫重要的事难以开口，现在总算下定决心说出来了，然而太太却一副惊讶傻眼的表情说："你在说什么啊？之前的确听过你舅舅生病了要借钱，但是我应该没说过要先帮你垫款，是你听错了吧？我完全不记得有这回事。"这就是此人的拿手好戏，实在是相当无情。

女儿们穿着春花秋叶的漂亮衣裳，时而把新年春装的窄袖和服领子弄整齐，时而重叠和服下摆的两端。虽然看着女儿们令人喜不自胜，偏偏眼中钉哥哥在场就是讨人厌。“快点出去，赶快消失吧！”尽管不能把心里话说出口，但天生的暴躁脾气还是压抑不住，要是让有德行的和尚来看的话，一定会看到她被火焰包围、黑烟缠绕，心灵狂乱。偏偏这时候又提到钱更是雪上加霜，虽然自己也记得曾经答应过，但那是她很厌烦的事情，于是斩钉截铁地回阿峰：“大概是你听错了吧！”吐着烟圈佯装不知。

又不是多大一笔钱，不过才两元而已，而且明明亲口答应过，才过不到十天怎么可能就老糊涂忘了呢！那个收文具砚台的抽屉里不就有没动用的一叠纸钞吗？又没说要十张、二十张或全部，我只是要两张而已。这样一来就能让舅舅开心，令舅妈欢笑，也能让三之助吃年糕汤了。阿峰一这么想就非常想要那笔钱，憎恨起太太，觉得好不甘心。但是阿峰打从平日就是什么都不能说，只能乖乖做事的身份，她也没有讲道理驳倒人的方法，于是垂头丧气地站在厨房，此时正午的报时声响起，更让她心头一惊。

“请母亲马上过来，早上开始阵痛，下午就要生了。”太太的女儿因为是第一胎，她的先生慌慌张张地不知所措，家里也没有可以帮忙的老人，一片混乱。“请现在马上过来。”因为这第一胎处在生死之交，住在西应寺的女儿派了车子来接太太过去。虽然今天是除夕，但是这件事可不能拖延，再说家里也有钱，不肖子也正在睡觉。该去吗？还是该留下来？一心分成两半，但无法分身两处。虽然因为担心女儿而坐上车了，但是心里还是觉得此时悠闲自在的丈夫令人讨厌，“今天这种日子还去什么海钓！”太太怨恨着靠不住的丈夫出门去了。

太太前脚刚走，三之助后脚就来了。听说姐姐在这里，他没迷路便找到了位于白金台町的房子。他很在意自己衣衫褴褛的装扮，也考虑到姐姐的面子，在厨房的入口提心吊胆地探头探脑。阿峰本来正伏在灶前哭泣，察觉到有人来了，于是藏起眼泪，一看发现是三之助。现在可不是说“你总算来了啊”的时候，该怎么办？三之助说：“姐姐，我进去会被骂吗？我可以来拿咱们约好的东西吗？爸爸交代我要好好向老爷和太太道谢。”他仍一副不知情的欢喜神色。阿峰回他：“总之先等我一下，我有点事情要忙。”接着，就跑去四处张望确认屋内外：小姐们在庭院专心地打羽毛毽子[①]；小伙计们去跑腿还没回来；做缝纫的女工在二楼，而且她是聋子不碍事；看看少爷，他正在客厅的暖桌旁梦周公。“求您了，佛祖神明。我要当坏人了，虽然不想做坏事，可是我不得不做。如果要处罚的话就让我一人承担，舅舅和舅妈是在不知情的情况下用这笔钱的，请原谅他们。虽然很抱歉，但请让我偷这笔钱吧！”阿峰事先察知砚台抽屉里有钱，只从那叠钞票里抽出两张，之后简直不知这是一场梦还是现实，就把钱交给三之助拿回家了。她以为这一切都没人看见，真是傻瓜。

这一天也到了将近黄昏的时刻，老爷满面笑容地钓鱼回来；太太也继老爷之后回到家，因为顺产的喜悦，让她

---

① 日本人通常在过年时玩的一种游戏。

连对待送她回来的司机都很亲切：“今天晚上收拾好这里的事以后，我会再去探望她，转告她明天我会让一个妹妹早点过去帮她，真是辛苦你了。”还给了司机小费。“哎呀！忙死了，真想借某个闲人的身体来用。阿峰，小松菜烫过了吗？鲱鱼子洗了吗？老爷回来了吗？少爷呢？”问少爷这句话时很小声，听到“还没回去”的回答后，眉头又皱了起来。

石之助这天晚上很乖。“新年应该从明天开始的三天都待在家庆祝，但是你们也知道我这个人没规矩，拘束地穿着和服去跟人拜年也很麻烦，那些意见其实我也听腻了，亲戚们的长相也不漂亮，我也不想见他们。今晚我也和住小巷出租屋的朋友们约好了，就先过去了。改天有机会我再来拿钱，听说今天家里刚好有喜事，可以拿多少压岁钱啊？”他从早睡到现在，等父亲回来，一开口就是钱。虽说“儿女是永远的枷锁”，但有个不肖子才真是做父母的不幸。即使儿子只会不务正业，面临即将落入深渊之际，因为切不断的血缘关系，就算装作不知也得不到世人的谅解。为了家族的名声、不丢自己的脸，即使舍不得也只好打开仓库了。石之助早就预料到这点，于是说：“我有笔借款今晚到期，那是我不小心当了保证人盖章的，赌场狂风一阵的，答应给流氓的东西要是不给就难以收拾了。我是没关系，但是对家里的名声我只能说抱歉了。”总之听起来就是要钱。

“果然不出所料。”太太今天早上开始的担心毫无疑问猜对了，会要多少钱呢？虽然个性温和的老爷处理事情令人不耐烦，但太太嘴上又难以胜过能言善辩的石之助。她现在和今天早上弄哭阿峰的嘴脸截然不同，不时斜眼窥探老爷脸色的模样真是可怕。老爷静静地往金库的房间走去，不久后拿来一叠五十元的钞票说：“这可不是要给你的喔！我是觉得你那些还没出嫁的妹妹很可怜，而且也要顾及你姐夫的面子。我们山村家代代都是规规矩矩，一向老实正直的，从来没让人传出什么不好的流言。你这小子是恶魔转世吗？像你这种坏蛋缺钱，要是莽撞地觊觎别人的钱包，耻辱可就不止于我这一代了。再怎么重要，财产也只能算次要的，可别让亲兄弟蒙羞。你这小子就算没有用处，一般来说当个山村家的少爷，至少也要不遭世人批评，代替我稍微帮忙跟人拜年，但你让年近六十的父母伤心落泪，真是该遭天谴的家伙啊！你这小子小时候也读过一点书吧，怎么连这道理都不懂呢？好啦，你走吧、去吧，随便你要去哪里，别再让我们家丢脸了。”老爷走入深处，钱则进了石之助的钱包。

“母亲大人您好，新年快乐，那么我走了。”石之助特地毕恭毕敬地告辞。“阿峰，帮我摆好木屐，我要从玄关走，我要出门而不是回家。”他还厚脸皮地挥舞双臂，是打算去哪呢？父亲的眼泪也会在一夜的狂欢作乐之后化为一场梦了吧？不该有的是不肖子，不该有的是养出不肖子的继母啊！虽然不至于撒盐除秽，继母姑且还是用扫帚打扫了一番，很开心少爷总算离开了。虽然舍不得金钱，但只要看到他就令人一肚子火，只要人不在家就最好了。“到底要怎么做才能变得像他那么厚脸皮啊？真想见一见生出那孩子的母亲长什么样子。”太太又像往常一样嚼起毒舌了。阿峰当然也听到了这段话，但她很害怕自己犯的罪过，事到如今还在对刚才的所作所为恍着神：“是我做的吗？还是别人？”想来这件事终究还是会露出马脚，就算只是一万当中的一张，只要算一下就一目了然了。和我想借的金额相符的钱正好在手边遗失，就算是我也会先怀疑自己。要是被查问该怎么办？我该怎么说？推托抵赖的罪过更深重，但要是认罪的话，也会给舅舅添麻烦。自己的罪过早已有了心理准备，但若让耿直的舅舅被冤枉，虽说不澄清是穷人的常态，可要是让人以为穷人也会偷窃那就伤脑筋了。真可悲啊，我该怎么办才好？为了不牵连舅舅，有没有让我猝死的方法呢？阿峰的眼睛紧盯着太太的一举一动，一颗心则绕着砚台抽屉徘徊不去。

大年夜这晚会做总结算，将家中所有钱汇整清算并加上封印。太太这时想起来了，说道：“砚台抽屉里刚才放了屋顶商太郎还的二十元，阿峰、阿峰，去把砚台抽屉拿过来。”太太从内室呼唤阿峰。阿峰心想，事到如今我命休矣，就在主人面前说出事情的始末，直接大胆说出太太的无情吧！既然无计可施，那就保持自己的诚实，不逃避也不隐瞒，虽然我也不想，但既然偷了就认罪吧。唯有舅舅不是共犯这件事，我一定要力陈到底，要是他们不肯相信，那我就当场咬舌自尽，豁出性命他们总不会认为是谎言了。阿峰如此壮起胆子后，走向内室，心里宛如待宰的羔羊。

阿峰只抽走两张钞票，应该还剩下十八张才对，但不知为何整叠钞票都不见了，把抽屉整个翻过来找也没用。奇怪的是掉出一张纸片，这张不知何时写的东西，是一张收据。

抽屉里的我也借用了　　石之助

“又是那个败家子啊。”人人面面相觑。结果没人审问阿峰，是孝顺的余德不知不觉把阿峰的罪转成了石之助的吗？不不不，说不定是石之助知道才帮她顶罪的，那么石之助就成了阿峰的守护神了。真想知道之后的发展呢！

为钱所困的樋口一叶

“一个人如果没有固定收入，也难有安定的心。虽然憧憬风花雪月，然而若无油盐，终究无法生活下去。”

出生寻常士族家庭的樋口一叶在十七岁之前未曾尝过贫穷的滋味。她七岁便能读长篇巨作《南总里见八犬传》，十二岁能作和歌，十四岁入和歌私塾，虽不比私塾里的上流前辈，但凭着聪明与才气，倒也教人另眼相待，谁能预见她的一夕颠落？

父亲死后留下的庞大债务纠缠着樋口一家，一叶不得不放下风花雪月，投奔柴米油盐。二十一岁那年，一叶在下谷龙泉寺町靠近风月场所吉原附近经营起杂货店，但生意惨淡无比，家中到了粒米不剩、连衣服都拿去典当的地步。她忍受着友人们的鄙视，用尽各种手段借钱，例如她曾与想纳她当小妾的相术师假意周旋以便获得金钱援助，又如每当一叶家有客人来访，她会特意请客人吃鳗鱼饭，在来访者离开之际开口借钱，根据她的友人伊东夏子所言，若被一叶请客可要做好借她钱的心理准备呢。

即使这样，一叶也有一套自己的借钱原则，那就是尽可能地不跟亲近的人与年纪比自己小的人借钱，若要向人借钱则与日后断绝来往也无妨的人借。穷亦有道，一叶在那些为钱所困的苦日子里仍保有尊严并持续写作，龙泉寺町贫民窟的九个月生活也使得她的作品不像过去一样华而不实，她将写作重心移至社会底层的庶民众生，开创了被后人称为“奇迹的十四个月”之写作生涯高峰。

青梅竹马

一

转弯一看，虽然到大门见返柳[①]的距离还很远，但是灯火映在黑齿沟[②]上的三层楼里，喧嚣听起来却近在眼前，人力车不分日夜地来往，繁华地令人感到不可估量。虽然大音寺[③]这个名字很有佛教的感觉，但住在这里的人却说这里其实是很热闹的城镇。在三岛神社[④]的转角转弯后，就没有像户人家的房屋了，唯有屋檐前端倾斜的十栋、二十栋长屋，因为生意一点也不好，在半掩的防雨窗

① 见返柳是位于吉原游廓衣纹坂入口左侧的柳树，见返是回望的意思，因客人会在此地依依不舍回望而得其名。

② 染黑齿是日本已婚妇女的习俗，妓女、艺妓也会染黑齿。黑齿沟是为了防止妓女逃亡，设在吉原妓院区外围的水沟。

③ 大音寺位于东京下谷龙泉寺町附近。

④ 以前位于东京下谷金杉的神社。

外，贴着奇形怪状的纸片，胡乱涂满了胡粉[①]，看起来简直像烤鱼串，里面贴着竹串的模样也很好笑。这样的房子不仅一两家，每当旭日东升就拿出来晒，夕阳西下就收起来。整理起来也要费一番工夫，全家都埋头做这件事。如果问起那是什么，他们就会回答："你不知道吗？这是十一月的酉日在那所神社[②]举行祭典，贪心的人会竞相抢购扛回去的熊手[③]，我们正在备货啊。从过年拆除门松装饰的时候开始，整年都工作才算真正的生意人，即使是业余的工作，从夏天开始手脚就都被颜料染色，新年的新衣服也都靠这笔收入了。南无大鸟大明神啊，既然您赐予买熊手的人大福，也要赏给我们制造的人一万倍利益啊！"好像每个人都异口同声这么说，但结果事与愿违，根本没听说过这附近有人变成大富翁的。住在这里的人多和妓院有关——那丈夫应该是在低等妓院工作吧？他把鞋牌摆

---

① 一种白色粉末状的颜料。

② 意指大鸟神社或大鹫神社，酉市的所在地。酉市是指在十一月的酉日在各地的寺院佛阁所举行的祭典，祈求开运招福以及生意兴隆。

③ 竹耙形吉祥物，据说有聚集幸运和金钱的效用。

整齐，发出哐啷哐啷的声音[①]，很忙碌的样子。他从傍晚就披上和服外褂准备出门，在他背后敲打火石祈求平安[②]的老婆，表情却好像与丈夫见的是最后一面，可能是怕他被牵连进十人斩[③]或是荒唐无理的殉情，总之容易惹祸上身，前途危机四伏。明明是在紧急时刻性命攸关的职务，看起来却像要去玩乐似的，也实在有趣；那女孩好像是高级妓院的打杂雏妓，做些帮七家引客茶屋[④]带客的工作，正在修业提着灯笼小步跑。至于她出师后想做什么，说要成为大显身手的名妓也不奇怪吧！一个优雅的、三十几岁的半老徐娘，穿着利落大方的整套唐栈图样衣服，配上藏青色的足袋，踩着雪驮[⑤]发出丁零咣啷的声音，很忙碌的模样。只见她把一个包裹夹在腋下，咚咚地拍打茶屋的栈

---

① 拿起客人寄放鞋子的识别牌敲击台阶发出声响，象征生意兴隆。

② 日本自古以来就认为火是清净之物，所以摩擦火石发出火花有趋吉避凶的作用。

③ 意指杀死十个人，吉原曾发生嫖客杀死许多人的“吉原百人斩”事件。

④ 在吉原大门口旁，七家引客去妓院的茶屋。

⑤ 一种在木屐底部贴上牛皮的鞋子，并在皮革上钉上铁片，走路会发出丁零咣啷的声音，气势非凡。

桥说："绕过去太远了，从这里给你。"不用问也知道，这位就是这附近一带的制衣老板娘。

这一带的风俗与其他地方不同，很少女人会把腰带规矩地在背后绑紧，她们喜欢花样漂亮的宽幅卷带[①]。半老徐娘这样打扮倒还好，可是十五六岁的小大人，嘴里含着酸浆，这副德行也不禁令人看不下去吧？但是，这就是此地的风俗，这也无可奈何。昨天在河岸店[②]留下了"紫"这个好像《源氏物语》里的花名，今天却出现在不熟悉的地痞阿吉开的夜市烤鸡肉串摊子，一旦存款减少就很有可能重操旧业。这个老板娘的模样，总是感觉比良家妇女好看多了，因此没有一个小孩不受她感染。秋天就来看看九月仁和贺[③]时的大街吧！露八的说笑助兴，还有荣喜的动作[④]，这里的小孩对这些实在模仿得惟妙惟肖，连孟母也

① 不用绑直接卷起的带子。

② 低等的妓院。

③ 为吉原春秋两期举办的即兴狂言（滑稽小剧），艺妓与男艺人会在临时舞台上表演许多上等的技艺并列队游行。

④ 露八和荣喜是当时知名的男艺人。

会感到惊讶吧！要是夸他们进步神速、学得很像，今晚又会四处绕一圈展示了。从七八岁时就如此狂妄，不久后甚至在肩上放条手巾，哼唱起妓院的流行歌曲了，十五岁少年的早熟真是可怕。在学校的音乐课上也打着“叽啾叽啾[①]”的拍子，运动会上还很有可能集体唱起运木曲[②]呢！教育本来就很困难，教师在这里更是要费一番苦心。在入谷附近有一所育英舍，虽是私立学校但学生人数近千人，狭小的校舍拥挤而窄小，但教师的声望展露无遗，只要一提到学校，这附近都知道指的是这所学校。在里面上学的许多小孩当中，有某个消防员的儿子说：“我爸爸在吊桥[③]的值班小房里。”聪明伶俐，不仅无师自通，而且会模仿爬梯子。不过一会儿又被人喋喋不休地控诉：“哎呀，他把防盗网折断了。”听说这是传说中地下律师的儿

---

① 当时的流行歌。

② 原为运木时唱的民谣，搬运时集体合唱。也指祭礼时拉动花车神轿时唱的歌。

③ 游廓的紧急门，平时拉起仅在有事时降下使用。

子，他的父亲被人取笑说是马[①]，一颗童心也因懂得老实承认这个职业很羞愧而面红耳赤。父亲经常出入妓院，生下的心爱儿子因为住在宿舍而摆出贵族的架子，头戴一顶流苏帽，神色从容、气宇轩昂地穿着西服，外表华丽，大家奉承他，说着："少爷、少爷！"其实很可笑。在这许多儿童中，有个来自龙华寺的信如。他万缕的黑发也不知还剩几年的生命？因为他终究要把衣袖的颜色换成僧侣穿的墨黑色，可是皈依出家究竟是不是发自他内心的想法呢？他继承了僧人父亲勤勉用功的个性，天生温顺的性格惹得朋友不快，经常对他恶作剧。例如有人曾经把猫的尸体用绳子捆起来丢给他说："这是你的责任，超度就拜托你了。"不过，那是以前的事了，现在他是全校第一，因此再怎么样也不会有人侮辱他了。他的年纪是十五岁，身高普通，三分头的发型让人觉得就是和世俗人不同，虽然名字"藤本信如"的汉字要以日语训读[②]发音，但他的举手投足总有一种佛门的感觉。

---

① 意指催讨嫖客欠款的人。

② 训读是日文所用汉字的一种发音方式，是使用该等汉字之日本固有同义词汇的读音。

二

八月二十日是千束神社[①]的祭典，各街区都在花车神轿上摆起排场，气势就快爬上河堤进入廓内了。年轻人的热情可想而知，在这一带就算是一知半解的小孩，也不能疏忽大意。他们穿着成套的浴衣，并约好要尽其所能展现自己的威风，听了直教人吓破胆。有个自诩为小巷帮派的粗鲁孩子王，大家称他为“头目长”，他的年纪也才十六岁，自从代理过老爸在仁和贺活动时拿铁棒维持秩序的工作后，架子就变大了，腰带就是要卷在腰的前端，回话总是不把别人当一回事，一副令人讨厌的模样。“要不是他是头子的儿子！”消防员的老婆在背地里说他坏话，认为他恣意为所欲为，展现与身份不合的势力。而大街上田中屋的正太郎，年纪虽比他小三岁，但家里有钱又讨人喜欢，不惹人厌，正是他的对手。“我上的是私立学校，他们是公立，就算唱同一首歌，好像也是对方唱的才是正

① 龙泉寺町的当地守护神。

宗。去年和前年大人也都捧着他们，祭典的设计也比我们更华丽，要挑衅打架也很困难。今年的祭典要是又输了，就连平常夸口‘你以为我是谁？我可是小巷的长吉！’的实力也会被讥笑是虚张声势，到下天池游泳的时候，来加入我们这边的人就不会多了。说到比力气那是我方比较强，但大家都被田中屋温顺的样子骗了，而且他会念书这点我也认输了。我们小巷帮派的太郎吉、三五郎等人，私下都变成对方的人了，真是遗憾啊！祭典就是后天了，要是我们真的要输了，干脆就自暴自弃地大打出手，让正太郎脸上挂彩吧！咱们自己当然也要有会少个一眼一腿的心理准备。会帮忙的人有车夫家的阿丑、搓发髻绳的阿文和玩具店的弥助等人，只要有这些人在应该就不会处于下风了。喔！对了，比起他们还要有那个人帮忙啊！要是有藤本的话就能让他给我们出好点子了。”十八日接近黄昏时，为了去找藤本说话，长吉挥赶眼睛、嘴巴边烦人的蚊子，从龙华寺的庭前朝着信如的房间慢吞吞地探头问：

“阿信在吗？”

“人家都说我是粗鲁的人，或许我是很粗鲁吧！但委屈的事情还是很委屈。阿信你听我说，事情是从去年我的幺弟和正太郎那帮人的矮小鬼用长柄纸灯笼打架开始的。他们的同伙三三两两地跳出来，莫名其妙就把我小弟的长柄纸灯笼打烂了，还把他抛到空中，有个人一说：'大家看这小巷帮的狼狈样啊。'丸子店那个愚蠢高个、一脸好像大人的傻子就跟着骂：'他们还有什么首领吗？应该是尾巴、尾巴吧？是猪的尾巴吧！'哎呀！我那时候正好人在千束神社，之后听到本来想立刻去报仇，却狠狠挨了父亲一顿骂，害得我只好忍气吞声。还有前年，你也知道的，大街的青年曾经往文具店的店铺聚集，演出滑稽剧什么的吧！那时候我也去看了，他们就说些挖苦的话：'你们小巷也有小巷的花样吧？'只把正太郎当客人，真是气死我了。他再怎么有钱，也不过就是在落魄的当铺放高利贷而已，什么态度啊。为了社会着想，与其让那种家伙活着，不如打死他好了。我打算在这次的祭典上无论如何也要动手打人报仇，所以阿信，你看在朋友的分上，虽然我知道你讨厌这种事，但为了洗刷小巷的耻辱，请你袒护我吧！喂，正太郎自以为他们唱的歌才是正宗，很了不起，你愿意整治他吗？他们说我是私立学校的睡迷糊学生，意思就是你也一样。求求你了，请当作帮助我，挥舞大长柄纸灯笼吧！我是由衷、发自内心地感到悔恨，这次万一输了，就没有我长吉的立足之地了。”长吉宽阔的肩膀悔恨万分地摇晃着。

“可是我很弱小。”

“弱小也没关系。”

“我也不会挥舞长柄纸灯笼。”

“不挥舞也没关系。”

“我加入的话会输也没关系吗？”

“输了也没关系，没办法我就放弃吧。你什么都不用做也没关系，只要挂着小巷帮的名义，摆摆架子就可以让我们的气势高扬了。我是不懂道理的人，但你就很有学问了，对方那些家伙如果说汉语嘲笑我们，你就用汉语反呛回去吧！啊！心情真好、真是爽快，只要你愿意答应，我的靠山就硬了，阿信，谢谢你。”长吉竟然连平常不会说的客气话都说出口了。

一个是系着三尺腰带、穿草拖鞋的劳工儿子；一个是身穿藏青色、平纹细棉布制的和服外褂，系上兵儿带[①]的僧人子弟。虽然他们的想法相反，谈话经常产生分歧，但长吉是在自己寺庙门前呱呱落地的人，大和尚夫妻也很偏爱他，而且他们就读的又是同一所学校，被公立的那群人“私立、私立”贬低地叫，这也很令人不爽。也因为长吉本来就不讨喜，没有人打从心底想当他的伙伴很可怜，再加上对方有城里的青年撑腰，不带偏见来说，长吉之所以会输，归咎起来也有不少是田中屋的错。信如被缠住拜托，在情面上也不好意思拒绝，于是就答应：“我就加入你的帮派吧！既然说要加入我就不会失信，不过，尽量还是不战而胜最好。最后，如果对方先动手也没办法，要是真的发生了，田中的正太郎也只算是个小指头的指尖而已。”信如说着忘了自己没有力气，从书桌抽屉里取出别人送的京都礼物，一把小锻治[②]的小刀，长吉凑过脸来看：“好像很锋利耶！”危险啊！要是挥舞这把刀可怎么得了！

① 用整幅布制成的和服腰带。

② 京都三条的刀匠，宗近的别称，又称三条小锻治。

三

把一头长发解开后，将长至脚边的头发在发根扎紧，刘海大大蓬起，发髻沉重。这种发型叫“赭熊”，名称虽然很吓人，但这个发髻是最近流行的发型，连大户人家的小姐也都扎成这样呢！皮肤白皙又鼻梁高挺，虽然不是樱桃小嘴，但总是紧闭的双唇并不丑。虽然一一细看起来，离美人的模样还有点远，但说话的声音细小而清澈，看人的眼神十分亲切，举止朝气蓬勃，令人感到很愉快。她身穿一袭红柿色又印染大蝶鸟图案的浴衣，胸口上高系着黑缎子与绞染混色的昼夜带[①]，脚上穿着这一带并不多见且高度特别的漆色木屐。看她在早晨洗完澡回家的路上露出雪白的脖颈、拎着手巾伫立的姿容，从妓院回家的年轻人就说：“真想看看她三年后的模样。”这位就是大黑屋的美登利。她出生在纪州，说话略微带着地方口音，十分可爱。而最讨人喜爱的是她慷慨大方的性情，无人不喜欢

① 表面与里面用两种不同布料缝制的女用带子。

她。与小孩不相配的钱包重量也是其来有自，因为她的姐姐是红极一时的名妓，她沾了姐姐的光，那些老鸨想讨好她姐姐就会给她钱说：“小美，这给你拿去买娃娃吧！”或是说：“这点儿钱给你买小皮球。”给的人不图感恩，拿的人也就不懂得珍惜，到处撒钱。买给同班的二十个女学生同样的橡皮球就不用说了，还曾经把熟识的文具店滞销的玩具全部买下只为让店家高兴。这么每天每夜的散财，不是她这个年纪与身份该做的事，她将来到底会变得怎样呢？虽然父母都在，但是仍然迁就她的行为，也不曾严厉地说过她一句。妓楼主人宠她的样子也很奇怪，听说她既不是养女，也不是亲戚。只是在姐姐卖身的时候，听从了前来鉴定的妓楼主人之邀，于是打算到此地谋生，父母及她三人，便一身旅行打扮来到这里，除此之外就不知道还有什么内情了。总之他们现在一边看管宿舍，母亲一边缝制妓女的衣服；父亲担任低等妓院的书记；美登利也到技艺手工艺学校上课，其余时间她就随心所欲，半天待在姐姐的房间，半天到街上玩耍。所见所闻都是三味线和太鼓的声音，以及朱红或紫色花样艳丽的和服。刚搬来的时候，她走在路上，身穿藤色绞染的半襟套在有内里的和服外面，被街上的女孩取笑是“乡下人”，这让她曾经很委屈地连续哭了三天三夜。不过，现在倒是会反过来嘲笑别人：“这人好土。”即使毫不遮掩地说出惹人厌的话，也没人会回嘴。二十日是祭典，朋友缠着她准备尽情大玩特玩一番。“大家各自想些点子，可以很多人一起玩乐的最好。不管多少钱我都会出。”美登利照例毫不考虑就答应出钱，她是这群孩子的女王，这无比的恩惠在孩子之间比在大人之间更有用。“来演一场滑稽剧吧，我们借某家店演给大街上的人看吧。”某人说道。“胡说八道，那不如制造一台神轿，要像装饰蒲田屋[①]里面的那种真的，很重也没关系，嘿咻嘿咻，抬起来轻而易举。”一个把头巾扎在头上的男孩说道。此时有人从旁说：“这样的话我们很无聊，光是看大家热闹的样子美登利小姐也觉得不好玩，我们还是看你喜欢做什么吧！”一群女生的口吻简

① 吉原町附近的店家。

直像不用管祭典，而是要去看常盘座[①]的戏似的，实在可笑。田中的正太滴溜溜地转着小巧可爱的眼睛说：“来放幻灯片吧？我那里也有一些幻灯片，不够的话就请美登利小姐买，我们在文具店看吧！我负责放映，请小巷的三五郎来当旁白，美登利小姐你说这样好吗？”美登利一听就说：“好啊！这样应该很好玩，小三来当旁白的话应该每个人都会忍不住笑的，顺便照出他的脸就更好笑了。”于是，就此谈妥，不够的东西就由正太负责购买，他汗流浃背、东奔西走的模样真可笑。明天终于就是祭典的日子了，此时消息也传到了小巷。

四

即使这里是不乏打鼓乐声、三味线音色的地方，祭典也另当别论了。除了酉日市场以外，这是一年一度的热

① 位于浅草的戏园。

闹盛事，三岛神社、小野照神社彼此都是邻社，自然产生不想输的有趣竞争心。小巷里与大街上的人也同样穿着真冈木棉制的浴衣，上面印有连笔字体的街名。有人嘟囔图案没有去年的好看，染成栀子色的麻制揽袖带，他们喜欢越粗越好。年纪十四五岁以下的小孩，还会在带子上系着不倒翁、猫头鹰、纸糊小狗等各式各样的玩具，数量越多就越得意，甚至有人系了七个、九个、十一个。大铃小铃在背上咣啷咣啷地响着，只穿足袋没穿鞋就跑起来的样子，实在是活泼又可笑。田中的正太与众不同，他穿着红线条印有商号的短外衣，白净的脖子下有件藏青色的肚兜。这是很陌生的打扮，还有腰上系紧的浅蓝色腰带，是好看的绉绸套染，领子上字号的印染也很显眼。在后面打结的缠头巾上插了一枝花车神轿上的花，虽然响起了皮革木屐带的雪驮声，但他并没加入演奏祭礼的伴奏团，今天祭典前夕的庆祝活动他什么也没做。到了傍晚时分，有十二人聚在文具店，只有美登利一人还没到。她傍晚花了很长的时间化妆。“还没来吗？”正太一边在门口进进出出一边说，“你去叫她过来，三五郎，你应该还没去过大黑屋的宿舍，从院子前面喊美登利她应该就能听见，快去、快去！”于是，三五郎答应：“那我去叫她吧！长柄纸灯笼我就放这儿了，应该没人会偷蜡烛，正太麻烦你看一下。”正太答应道：“小气鬼，有时间说这个还不快去！”三五郎被比自己小的正太骂了，回说：“次郎左卫门[①]这就去！”他立刻飞奔出去，好像韦驮天[②]似的。“他那飞奔的样子真好笑。”女孩们目送他离去的背影说道。她们会笑他也是理所当然，毕竟三五郎是个矮胖子，头型是前额和后脑突出，脖子又短，一回头就会看到他脸上突出的额头与塌鼻子，也令人想起“龅牙的三五郎”这个绰号。虽然肤色明显黝黑，但是眼神非常诙谐，加上两颊笑起的酒窝很讨人喜欢。眉毛长得像蒙眼玩的福笑[③]，实在是很滑稽、很天真的孩子。也许是因为贫穷，他穿着阿波

① 歌舞伎名作《笼钓瓶花街醉醒》的主角，这里是三五郎故意模仿搞笑。

② 佛教的知名护法神，在日本文化中将他奉为能除去小孩病魔的神和速度快的象征。在日本俗语中“韦陀天”相当于中国的“神行太保”。

③ 在纸上画面具的轮廓，把眉毛、眼睛、鼻子和嘴巴挖掉再让蒙眼的小孩对上空脸，因为蒙眼放不准所以很有趣。

缩[1]的筒袖衣服，对不知情的朋友说："我的成套衣服来不及做好。"三五郎是老大，家里共有六个小孩，养活一家大小的父亲是拉人力车的车夫，虽然有五十轩[2]的店家当主顾，但家计拮据，无可奈何之下，三五郎在十三岁就要帮忙赚钱养家，前年也去过并木町的排版印刷所工作。但是，因为懒惰连忍个十天都办不到，没有一个工作能待超过一个月，从农历十一月到春天都在家做板羽球，夏天在检查所[3]的冰店帮忙，因为他有趣的吆喝声吸引了许多客人，所以得到了器重。自从去年他拉过仁和贺的舞台以后，朋友们就看不起他，到了现在还叫他"万年町[4]"。不过，大家都知道三五郎是个诙谐的人，没人讨厌他，这也是他的一个优点。田中屋是自己的命根子，父子都蒙受他们不少恩情。虽说借钱有利息且利息并不便宜，但没这

---

① 阿波（今德岛县）出产的蓝底白花的梭织布。

② 五十轩町的引客茶屋。

③ 娼妓的健康诊断所。

④ 当时附近的贫民窟。拉仁和贺的表演舞台时，通常雇用这一带的居民，因此三五郎才被取笑为"万年町"。

笔钱就活不下去，又怎么能恨这位财神爷呢？被正太叫“三公，来我们大街玩吧！”碍于情面也不好说不。虽说如此，自己生于小巷、长于小巷，住的地方属于龙华寺，房东是长吉的父亲，表面上无法背叛他们，只能私下帮正太这边办事，真是一份招人瞪眼的苦差事。正太在文具店的店门前坐下，等待期间为了排解无聊，小声唱起《偷偷恋爱》这首小曲，被老板娘笑：“哎呀，可真不能小看你。”让他不由得面红耳赤，故意掩饰难为情而高声叫道：“大家也过来啊！”当他跑到外面时，正好迎面遇上祖母说：“正太，你怎么没吃晚餐？你是玩疯了吗？刚才我叫你你都没发现吗？大家待会儿再玩吧。老板娘，多谢你照顾了。”祖母向文具店的老板娘打招呼。祖母都亲自来接了，自己也不好拒绝。于是，正太就这样被带回家了，之后气氛突然冷清下来。“虽然人数并没怎么变，但只要那孩子不在就连大人也觉得冷清。虽然他不会大肆喧闹，开玩笑也不像小三那样，但讨人喜欢这点对有钱人的儿子来说，是很罕见的可爱之处。你们看到了吗？田中屋的那个寡妇真令人恶心，年纪一大把，已经六十四岁了，还好没擦粉，但是椭圆形发髻[①]梳得那么大，还娇声细语地说话，也不管别人死活，大概临终时还要和钱一起进棺材吧！话虽如此，我们抬不起头来还不是因为有钱就威风，我还是很想有钱啊！听说廓内也有相当多大妓楼向她贷款。”站在大街上的两三个妇女计算着别人家的财产。

五

小曲有段歌词是：“等待的痛苦就像半夜的移动式覆被暖炉。”这说的就是恋爱啊。夏天傍晚凉风吹拂，美登利洗澡消除了白天的酷热，在穿衣镜前打扮。母亲亲自为她整理蓬乱的头发，一会儿站一会儿坐的，看着自己的女儿真是漂亮，还说了一句：“脖子的粉太淡了。”美登利身穿水色友禅[②]的单层和服，感觉很凉爽，系着一条稍微

① 日本已婚妇女的典型发型。

② 友禅印染的简称，以人物、花鸟等华丽的图案作为特征，在和服等布料上染色的一种技法。

偏窄的淡茶色锦缎丸带[①]。当她在庭石上把木屐摆整齐的时候，早就已经距离约好的时间很久了。“还没好吗？还没好吗？”三五郎已经在围墙附近绕了七圈，呵欠也打光了，当地盛产的蚊子想赶也赶不走，把他的脖子和前额发际都狠狠地盯得到处都是包。正当三五郎极度疲惫时，美登利总算出来了，她才说一句：“走吧。”三五郎二话不说就抓住美登利的袖子跑了起来。“我喘不过气来，胸口好痛，我不理你了，你自己一个人去吧！”美登利被惹怒了。于是，两人分别抵达文具店，此时正太似乎正在吃晚餐。“哎呀！不好玩、不好玩，他不来的话我也不想开始放幻灯片了。阿姨，店里有没有七巧板？或是十六武藏[②]什么的也可以，我正好闲得无聊。”美登利说道。女孩们看她无聊，说了声“对了”立刻借来剪刀和剪纸；男孩则以三五郎为中心，排演仁和贺的表演，唱道：

① 宽幅的和服腰带，礼服适用。

② 一种古棋。

远望全盛的北廓

屋檐挂着灯笼电灯

总是热闹的五条街

众人齐唱欢呼，颇为滑稽。因为大家记性好，顺着回溯唱起去年和前年的歌，手势和打的拍子却一点也没变，十多人兴致勃勃引发了骚动，使得门前筑起一道好奇的人墙，这群人当中有人叫道："三五郎在吗？过来一下，有急事。"原来是搓发髻绳的文次叫的，三五郎毫无防备地回应："好喔，我来了。"正要灵巧地跳过门槛时，"你这个脚踏两条船的浑蛋给我觉悟吧，我们小巷的脸都被你丢光了。你以为我是谁啊？我可是长吉！有本事耍人就别后悔！"长吉说着往三五郎颧骨出拳一击。三五郎"啊"的一声吓得魂飞魄散，正想逃跑却被小巷的一伙人揪住领口拉出来。"揍死这个三五郎！把正太拉出来干掉！窝囊废别跑！丸子店的傻子也别放过！"一群人宛如潮水般翻滚鼓噪，悬挂在文具店屋檐下的灯笼也轻易地被打落，吊灯也岌岌可危。老板娘喊着"别在店门前打架"，他们也置若罔闻。有十四五人，头上绑着缠头巾，用力挥舞大长柄纸灯笼，手碰到什么就撒野乱打，穿着鞋子旁若无人地踏入店里。他们没看到目标敌人正太，于是叫道："正太躲去哪了？他逃去哪了？快说啊，不说吗？我要你非说不可！"说着把三五郎围起来拳打脚踢。美登利看得很气愤，推开阻止她的人说："你们这些人，小三有什么罪？你们想找正太打架就去找正太好了，他既没有逃，也没有躲，只是人不在这里不是吗？这里是我玩耍的地方，不准你们碰他一根手指头。好啊！可恶的死长吉，为什么揍小三？哎呀，怎么又推倒他？你有怨恨就打我好了，我来当你的对手。阿姨，请你别阻止我。"美登利浑身颤抖地痛骂一顿。"说什么啊！你这臭妓女，就会说大话，靠你姐姐的臭乞丐，要当你的对手这个就够了。"长吉从众人身后抓起沾泥的草鞋扔过去，这肮脏的东西不偏不倚狠狠打在美登利的额头上。美登利勃然变色站了起来，老板娘怕她受伤紧抱她不放。"活该！我们可是有龙华寺的藤本喔！要报仇随时来。没用的浑蛋死小子、孬种、懦弱的窝囊废，回去路上有埋伏，走在小巷黑暗处给我小心点！"

长吉等人说完便把三五郎丢在店门口的泥地上。此时，传来一阵脚步声，这才知道有人报警了。“快跑！”长吉喊了这一声，丑松、文次等十余人立刻各自改变方向快速四散而逃，还有人躲到通后门的小巷里去了。三五郎说：“可恶，气死人了！实在可恨！浑蛋长吉、文次、丑松，为什么不杀了我算了！我三五郎也不是会白死的人，我做鬼也要咒死你们，给我记住，浑蛋长吉！”他宛如滚水冒泡般的泪珠扑簌簌地滚落下来，最后大声地哇哇大哭起来。他全身应该很痛吧！圆筒袖到处被撕裂，背和腰部也沾满沙子。文具店的老板娘想阻止他们动粗又无法阻止，情势太激烈让她被吓倒，只知道紧张不安。这时她跑过来抱起三五郎，抚摸他的背部、拍掉沙子说：“你忍耐点、忍耐点，再怎么说对方的人也太多了，我们又都是弱者，就连大人也不一定是对手，不好对付他们。幸好你没受什么重伤，之后路上有埋伏很危险，还好有警察可以送你回家，我们也安心了。”“事情就是这么回事……”老板娘把事情经过大略告诉正在此处的警察。基于职责所在，警察牵起三五郎的手说：“来吧，我送你回家。”三五郎却说：“不用不用，你不用送我，我可以自己回家。”说着缩起身子。“你不用怕，我只是要送你到家而已，别担心。”警察面露微笑抚摸三五郎的头，但这动作让他把身体缩得更小。“要是父亲知道我打架了，我会被他骂一顿，因为那个领头的父亲是我家房东。”因此，警察哄着沮丧的三五郎说：“那我就送你到门口，不会让你被骂的。”然后带他走了。附近的人这才松了口气目送他们离去，但不知怎么，当走到小巷的街角时，三五郎却甩开警察的手一溜烟地逃走了。

六

“这可真稀奇，大热天的要下雪了吗？美登利竟然会讨厌上学，看来应该是非常不高兴。你早餐没怎么吃，待会帮你订寿司送来好吗？说是感冒也没发烧，看来大概是昨天太累了。早上妈妈替你去参拜太郎神[①]，你就别去了吧！”母亲说道，但美登利说：“不行，不行，是我许愿希望姐姐生意兴隆的，我不去参拜过意不去，请给我香油钱，我这就去。”说完就跑出家门。她在田中央的稻荷神社拉响摇铃，双手合十。不知道她有什么愿望？她来回走路都低着头。正太看到美登利沿着田埂小道走回来，就从远处喊她，跑过去拉住她的袖兜说：“美登利，昨天晚上真对不起。”他突然向美登利道歉。美登利回他：“你没有任何需要道歉的理由。”他则回说：“即使如此，也都是因为他们讨厌我，要找我打架。要不是祖母来叫我，我才不会回去，他们也不会胡乱把三五郎打成那样了。我今天早上去看过三五郎，他很不甘心地哭了，我听了也觉得很不甘心。听说那个死长吉甚至还用草鞋丢你的脸是吗？那个死小子也太撒野太过分了。不过，美登利，请你原谅吧！我并不是知道才故意逃走的，而是因为匆匆扒光饭正

① 日本花街柳巷的人和生意人会把狐狸视为守护神。这些狐狸都有名字，“太郎”是吉原附近居民祭祀的狐狸名，也就是后来大家称呼的“稻荷神社”。

要出门时，祖母却说她要去澡堂，我只好看家，这时刚好发生了这场骚动，我是真的不知情。”他一个劲儿地道歉，简直像自己的罪过一样，接着抬头看美登利的额头问道：“会痛吗？”美登利突然笑着说：“我没受什么伤，不过阿正，不管谁问你你都不可以说我被长吉丢草鞋的事情。因为如果被母亲听到，我会挨骂的，连我父母都没打过我的头，额头竟然被长吉这种人抹了草鞋的泥巴，根本等于被他踩了。”美登利说着转过脸去，模样楚楚可怜。“真的很抱歉，请你原谅，全都是我不好。我跟你道歉了，心情好点了吗？惹你生气我都不知道该怎么办了。”正太说着不知不觉已走到自己家附近，于是说：“美登利，要不要顺便来我家？我家没人在，祖母出门去收利息钱了，只有我一个人在家也太寂寞了。我让你看看之前曾提过的彩色浮世绘版画[①]吧！有各式各样的喔！”正太抓着美登利的袖子不放，美登利只好沉默地点头，从冷清的折叠门庭院入口进入，里面虽然不大，但整齐地摆着盆

① 浮世绘是日本十七世纪盛行的色彩华丽的版画，通常画有人物和群众生活民俗等内容。

栽，屋檐吊着忍草[1]，想来应该是正太在午日买来的。不知情的人应该会觉得很疑惑吧！明明是这一区最有钱的人家，家里怎么会只有祖母和这孩子两个人，随身戴着大串钥匙，让下腹部都变得冰冷了。不在家的时候因为四周是许多住户合住的细长房屋，可以一眼望穿，当然也没人会来把这户人家的锁撬开。正太先走入屋内，物色了一处通风良好的地方说："过来这里吧！"还贴心地拿出团扇帮美登利扇风，以一个十三岁的孩子来说，这样也太过老成了，实在可笑。他拿出许多自古家传的彩色浮世绘版画，听到美登利称赞就很开心。他把古老的羽子板[2]给美登利看，说道："这是我母亲在大宅邸帮佣的时候，人家赏赐的东西。你看这个这么大很好笑吧！人的脸也和现在的不一样呢！如果我母亲还活着就好了，她在我三岁那年过世了，虽然父亲还在，但是他回乡下老家了，所以现在就只剩我和祖母了。我真羡慕你。"正太不由自主地说起父母

---

① 把一种羊齿植物连根一起吊在屋檐上，下面可以绑风铃之类的当夏季装饰。

② 板羽球的球拍。通常这些球拍背面会贴上各种人形或花卉。

的往事。“你会弄湿版画的，男人不能哭。”被美登利这么一说，正太说：“我是不是很懦弱？我经常会想起很多事，现在这时候还好，但像是冬天的月夜，去田町[①]一带到处收利息，那时走在堤防[②]上我也哭过好几次。我不是因为太冷才哭，而是自己也不知道为什么，就是会想到很多事。啊！从前年开始我也到处去收利息钱了，毕竟祖母年纪大了，到处收钱晚上也很危险，而且她眼睛不好，要盖印章也不方便。以前也雇用过几个男人，但是祖母说他们瞧不起我们是老人和小孩，总是叫不动。等我再大一点，就要再开当铺，即使不能和以前一样，但就是期待着挂上田中屋的招牌。外面的人老是说祖母吝啬，但她是为了我才会这么节俭，我真觉得过意不去。去收利息的时候，也要去通新町[③]之类的地方，他们想必都在说我祖母的坏话吧？真是非常可怜。我一想到这种事就会流泪，实在是很懦弱。今天早上我还去了三公家收钱，那小子明明

① 位于吉原附近沿着日本堤的区域。

② 指吉原堤防。

③ 位于三之轮与千住大桥之间的区域，是贫民窟。

身体很痛，却不想让老爸知道他还在工作，我看他这样也开不了口。男人哭泣不是很可笑吗？所以我才会被小巷的野蛮人看不起。”正太开口说了这些，露出因自己软弱而很惭愧的神色，不经意与美登利眼神交会的样子很可爱。“你在祭典时的打扮非常适合你，我好羡慕，如果我是男的也想试试打扮成那样，比任何人都好看呢。”得到美登利的夸奖，正太说：“我算什么，你才真是美呢！大家都说你比廓内的大卷姐姐[①]还漂亮，如果你是我姐姐的话，那我就有面子了，不管到哪里都跟着你走，可以大摇大摆地炫耀。没办法，我一个兄弟姐妹都没有。喂，美登利，下次要不要一起拍照？我穿祭典时的打扮，你穿潇洒的薄绢粗条纹的衣服，我们找水道尻[②]的加藤[③]拍吧！我们要让龙华寺的家伙羡慕，他一定会生气的，一定会气到脸色铁青。因为肝都气炸了，所以不会脸红。或许，他会笑我们吧？被笑了也没关系，我们最好拍很大一张当招牌。你不

① 美登利的姐姐，是当时的名妓。

② 位于远离仲之町的地方，仲之町是贯穿吉原游廓中央的道路。

③ 照相馆名。

喜欢吗？怎么一脸不愿意的表情。”正太露出很遗憾的模样，这很好笑，美登利忍不住笑着说：“因为要是脸拍得很奇怪会被你讨厌。”从她大笑的美妙声音可以得知心情已经好转了。

早晨的凉爽不知不觉已过去，在阳光照射下天气变热了。“正太，晚上再见了，也来我的宿舍玩。我们可以在水上放灯笼、追鱼玩。池塘的桥已经修好了，不用怕了。”美登利留下这些话后，就起身离开了。正太很开心地目送她的背影，心里觉得真美。

七

龙华寺的信如、大黑屋的美登利，这两人上的学校都是育英舍。去年四月底，樱花大致凋谢后，就是绿叶阴影下赏藤花的时节了。春季的大运动会在水之谷[1]的平原

---

① 水谷伊势守的别墅所在地。

举行，大家玩拔河、丢球、跳绳等游戏兴致盎然，忘了长日将暮。听说就在这时候，信如不知怎么回事，不像平常一般稳重，被池边的松树根绊倒，手撑在红土路上，连和服外褂的袖兜也沾到泥巴，弄得全身脏兮兮。正好在场的美登利看不下去，就取出自己的红绢手帕说："用这个擦一擦吧！"美登利照顾他的情景被朋友中爱吃醋的人看到，就说："藤本明明是和尚还和女生讲话，看他高兴地道谢，那模样真是可笑啊！美登利大概会变成藤本的老婆吧？既然是住持的老婆那就是大黑①了。"大家议论纷纷，信如向来就讨厌别人说这种闲话，总是一脸不高兴地撇过头去，听到讲的是自己又怎么能忍得下去。从此以后，他每次听到美登利这个名字就很害怕，怕朋友又提起那件事，心里闷闷不乐，实在是说不出口的讨厌情绪。可是又不能每次都生气，只好尽量装作不知道，假装不在乎。虽然打算一脸不高兴地应付过去，但是面对面被人问起的时候还是让他不知所措，即使多半都说一句我不知道

① 大黑即佛教的大黑天，因为寺院中将他的像设在厨房，所以后来大黑意指寺院和尚的太太。

了结，但痛苦的汗水却流满全身，总觉得很不安。美登利没察觉这件事，起初还会“藤本、藤本”亲切地叫他，放学回家的路上，只要自己先走一步在路旁发现了罕见的花，就会等慢来的信如说：“这种花开得好美，可是树枝太高了我折不到，信哥你长得高、手碰得到，请你帮我折吧！”毕竟在一群人中，信如看起来较为年长，因此美登利才会拜托他，这么一来信如也无法断然拒绝拂袖而去，却因越来越在意别人的看法而更难受，他把手边的树枝拉过来，不管好坏、敷衍地折下来扔过去，就急忙地走了。美登利曾惊讶于他冷淡的态度，但接二连三发生后，自然就觉得信如是故意捉弄她，明明对其他人都不会这样，偏偏对自己老是展现无情的态度：问他事情也不会有像样的答案，走到他身边他就逃走，跟他讲话他就生气，阴阳怪气地让人觉得很闷。美登利不知道该怎么做才好，也没有讨好他的方法，干脆把他当作难以取悦、性格乖僻、爱生气又爱捉弄人的人，既然不把他当朋友，就不跟他说话了。美登利有些被惹火了，只要没事就连擦身而过也不说一句话，路上碰面也完全不想打招呼。不知从何时开始，简直像一条巨大的河川横亘在两人之间，船只、木筏都禁止通行一样，两人只能沿着河岸各行其道了。

昨天的祭典过后，从第二天开始美登利就忽然不去上学了，不用问也知道，一定是因为额头的泥巴就算洗掉也难以消除的耻辱铭刻在心，觉得太不甘心了。“明明不管来自大街还是小巷，只要一起在同一间教室里，就都是同学，同学之间却有可笑的差别待遇，平时就很矫情。利用我是女生，力气比不上男生的弱点，就在祭典的晚上如此对我，实在太卑鄙了！长吉那个不懂事的人，每个人都知道他是公认的粗暴者，但是如果没有信如帮他撑腰，他才不会那么大胆地在大街上大闹。在众人面前装出一副知识渊博的老实模样，背地里却拉动机关的线，这一定是藤本搞的鬼。就算他班级比我高等又很会读书，即使他是龙华寺的少爷，我大黑屋的美登利就连他一张纸的帮忙都没接受过，我才没领过他任何恩惠，凭什么叫我乞丐！虽然不知道龙华寺是多伟大的施主，但我姐姐这三年的熟客有银行的川先生、兜町[①]的米先生，还有担任议员的矮小先生说要帮我姐姐赎身娶她当太太呢。不过，姐姐因为不喜欢他的气质，嫌弃他而没接受，但老鸨说那位先生在社会上可是很有名气的。要是觉得我说谎就去打听看看吧，大黑屋要是没有大卷的话，那妓楼就黑暗无光了。因此店老板不管对父亲、母亲，还是对我都不敢怠慢。我曾经在日式客厅里打板羽球玩耍时，把他平常很珍惜的、放在壁龛里的大黑天[②]陶瓷神像还有摆在一起的花瓶弄倒了，神像明明被我弄得伤痕累累，老板也只是在隔壁房间一边喝酒，一边说‘美登利你这野丫头太过头啰’而已，也没有责备我，这要是其他人干的，大概不是发飙就能了事的吧？后来店里的姐姐们都很羡慕我，归根结底还是因为我姐姐的威势。虽然我住在宿舍要替人看家，但我姐姐是大黑屋的大卷，身份可不会输给长吉那种人，会被龙华寺的小和尚欺负真是意外。”从此以后美登利就以“上学不好玩”为

① 日本桥的股票交易所所在地，意指从事股票交易的某人。

② 日本的大黑天，不仅是佛门的护法神，而且为掌管农业五谷丰收与财富之神，为七福神之一。

理由，娇生惯养的天性被人侮辱让她很不甘心，于是把石笔折断、墨也扔了，连书本和算盘也不要了，整天和感情好的朋友漫无边际地玩耍。

八

和昨晚飞奔而来的活力截然不同，黎明时拥着残梦搭车离去，实在孤寂。有的男士把帽子压低到眼眉上，讨厌被别人看见；也有人用手巾包住头和脸，与那女的分别时被打了一下的痕迹，回忆起来越是痛入深处就觉得越开心，露出一脸让人觉得有些恶心的傻笑，走到坂本[①]以后一不小心就会撞上回千住[②]的青菜车，走路可危险了。直到三岛神社街角的大街都很疯狂，每个男士绷紧的脸在这里都很松懈，我敢说看起来都是对女人垂涎三尺，色眯眯的模样。也曾有人站在巷口脱口说得很失礼："就算

① 指坂本路，是三岛神社前的大马路。

② 位于东京都足立区南部到荒川区东部的地区。

是原本在任何地方都很了不起的绅士，在这里也几乎一文不值。”更用不着提起《长恨歌》的“杨家有女受君宠[①]”，这年头不管在哪里女儿都很宝贵，不过，这一带从陋巷的人家生出竹取公主[②]的例子倒挺多，现在迁到筑地的某屋，负责陪伴达官贵人又舞艺巧妙的美人小雪，虽然她现在在宴席上会说些极为天真的话：“长米的树。”但是，其实她原本是这里的黄毛丫头，做过花牌[③]的副业。她的名气在那一阵子虽高，但去者日以疏。出名的人销声匿迹后，第二个当红的名花就是染坊的小女儿，现在已经在千束町[④]的一家新店亮起了御神灯[⑤]，她名叫小吉，这位公园的尤物也是这里长大的。每天听到出人头地的都只限女人，男人则像在垃圾堆里找食物，摇着黑斑尾

---

① 此段典故来自白居易的《长恨歌》：“杨家有女初长成……三千宠爱在一身。……遂令天下父母心，不重生男重生女。”

② 出自《竹取物语》，主角辉夜姬。

③ 日本的花牌，讲究形状、图样，较普通扑克牌来得更具风韵。在日本又有“花札”之名，是深入日常生活中的一种纸牌游戏。

④ 位于浅草新吉原与浅草公园间的地区。

⑤ 艺妓店门口挂的灯笼。

巴的狗一样，被视为没用的东西。在这附近人家的年轻小伙子，从盛气凌人的十七八岁开始就五人、七人一组，虽然没在腰间插上尺八①装腔作势，但都跟随某个赫赫有名的首领当手下，一样的手巾配长提灯打扮，在还不会掷骰子之前，只在妓院的木格子门口逛逛，也不好大胆地开玩笑。唯有白天才会认真做家传的事业，天黑以后洗个澡，脚上拖着木屐，身上穿了七五三的和服②说："你看过某某家店新来的妓女了吗？她长得好像金杉卖丝线家的女儿，不过鼻子比她矮一点。"脑中想的净是这种事，到每家妓院去强要香烟，索取面纸，跟人打来打去，还觉得这是一生的荣誉。也曾有正经人家的儿子改名成地痞流氓，在大门旁跟人打架闹事。五丁町③的热闹不分春秋持续一整年，简直像对人说："看啊，这就是女人的势力！"虽然现在不流行送客提灯笼了，但在茶屋带客的女子来往的

① 尺八源自中国，是的一种传统木管乐器。由中国唐朝时开始传入日本，后来在日本逐渐盛行，成为当地普遍的传统乐器之一。

② 比一般和服窄，缝制成后七寸前五寸衽三寸的和服。

③ 指吉原内的妓院区：江户町、京町、角町、扬屋町、伏见町或仲之町。

雪驮响声，配上歌舞乐曲，让人心醉神迷飘飘然地走进这里。要是问他们进去的目标是什么，他们的回答是：“红衣领配赭熊髻，还有两裆[①]的长下摆，嫣然一笑的嘴角眼梢，也很难说到底哪里美，不过花魁们在这里就是值得尊敬，离开此地就无法体会了。”在这种地方朝夕过日，白色的衣服被染成红色也是理所当然。在美登利眼中，男人一点可怕可畏之处都没有，她也不觉得妓女是什么低贱的职业，因此以前离开故乡时，哭着送姐姐的事情简直宛如一场梦，如今她倒很羡慕姐姐当红才能孝顺父母。姐姐担任御职[②]的忧愁与辛酸她也浑然不知，像是为了招客人来学老鼠叫的木格子门咒文，还有送客时在客人背上拍击的手劲秘密，她只觉得听起来很有趣，就连在大街上说起妓院区的行话也不会感到难为情，实在很可悲！她的年纪算虚岁才十四，抱着娃娃磨蹭脸颊的心和贵族的公主并没两样，但修身、家政学这些课程只在学校学习，其他

① 原为武士门第妇女穿的礼服，妓院区只有头等妓女才能穿。

② 有最多客人的妓女。

时间无论日夜，耳中听到的都是喜欢不喜欢哪个客人的风言风语，看见的是按季发给用人的衣服、堆栈的棉被[①]，还有买通茶屋引客的礼金，净是些奢华的东西，于是就把不符合这些标准的东西都视为寒酸破旧。不管对别人还是自己，她这年纪要明白事理都还嫌太早，一颗童心只觉得眼前的花与众不同，天性不认输的脾气恣意四处驰骋，虚构出宛如云朵的状态。往疯狂街、睡眼惺忪街走去，待早晨回家的男士走过一轮离去后，晚起床的城镇，扫帚也在门前画出了波浪形的痕迹。已经洒水扫净的大街路上放眼望去：来了、来了，以万年町、山伏町和新谷町[②]一带为家的人，各个身怀技艺也称得上是艺人。例如卖善善糖[③]

---

① 妓女会在店头用棉被装饰以夸耀自己是当红名妓。

② 以上三地皆为贫民窟。

③ 明治时期到昭和初期，把盛糖的盘子戴在头上打太鼓叫卖。

的杂技演员、操弄木偶的大神乐[①]、住吉踊舞蹈[②]、角兵卫狮子[③]等，各自打扮上场，有的人打扮漂亮穿着绉绸薄绢；有的人穿着洗过的萨摩絣[④]配黑缎子的窄腰带。俊男美女都有，有的是五人、七人、十人一组的聚成一大群，也有孤单一人的消瘦老头子抱着破烂的三味线走在路上。有时也可以看见五六岁的女孩子束上红色的衣袖带，跳的是纪之国舞蹈[⑤]。这些人的顾客是一直待在廓内的客人与妓女，抚慰他们并消愁解闷。众所皆知，进入这个地方的人可以赚钱赚一辈子都停不下来，所以来这里的人都不把这附近城镇赚的微薄收入放在心上，就连衣服的下摆破得像海草一样的可疑乞丐也会走过去而不会站在门边乞讨。

---

① 大神乐主要是日本人对古代神明以舞祭祀的仪式总称。

② 住吉踊舞蹈是日本的民俗艺能，是流传于大阪住吉区住吉神社的一种舞蹈。表演者身穿江户人外出旅游的装扮——木棉质料衣裤，并以同质料之布垂挂于草帽周围、绑腿、草鞋等。带头的一人左手持长柄大伞，右手持剖开的竹子，边敲打大伞长柄边唱歌跳舞。

③ 发源自新潟县新潟市南区（旧西蒲原郡月潟村）的乡土艺能，也称之为越后狮子（えちごじし）或蒲原狮子（かんばらじし）。

④ 日本九州萨摩一带出产的蓝底碎白点的花纹棉布。

⑤ 纪之国为和歌山一带的古名，在此指的是源自当地的一种舞蹈。

有个面貌姣好的女太夫[①]，露出藏在斗笠下的诱人脸颊，她的嗓音好、技艺佳。“哎呀！讨厌的是她的声音在这街上从来没听过。”文具店的老板娘咋舌说道。洗完澡回家坐在店门前眺望大街的美登利一听，立刻用黄杨木梳[②]把轻轻飘落的刘海迅速往上梳说：“阿姨，请让我去叫那个太夫来吧！”说完后，就啪嗒啪嗒跑过去抓住她的袖兜，把一样东西扔进她的袖子里，至于是什么东西，不管谁问美登利都是笑而不答。不过，她让女太夫很干脆地唱了自己喜欢的《明乌》，而且还娇声说：“还请多多惠顾。”这可不是轻而易举就能买到的。“这哪像是小孩会做的行为？”聚集的人群咋舌惊叹道。他们不看那个太夫，反倒凝视着美登利的脸。“只要是很帅的事情都好，我真想把所有经过的艺人都在这里拦下来，演奏三味线、笛子和太鼓，让他们唱歌跳舞，试试没人做过的事。”那时美登利对正太悄声说道，让正太惊讶得目瞪口呆说：“我可不喜欢！”

---

① 头戴斗笠弹奏三味线的卖唱女子。

② 黄杨木自古以来，一直是制作梳子的首选。

九

“如是我闻，佛说阿弥陀经。”诵经声和着松籁，本该连心中的尘埃也被吹散的寺院厨房中，飘起烤鲜鱼的烟雾，坟场上侧晾着婴儿的尿布。这些都是遵照教旨，本也无可厚非[①]，但在觉得“法师有如木屑”的人眼中，还是感到俗气不守清规。龙华寺的大和尚随着家产累积，肚子也一起发福肥胖，实在胖得很明显，气色好得不知该用什么称赞的话来形容才好。既不是樱花色，也不是绯红的花色，从刚剃的头部、脸部一直到脖子，都是古铜色的色泽，半点污点也没有。当他扬起混着白毛的粗眉放肆大笑时，不禁让人怀疑供奉在本堂的如来佛会不会也吓得从台座上滚落下来。他的妻子才四十出头，皮肤白皙且头发稀疏，椭圆形发髻也梳得很小，给人感觉并不难看。她对前来参拜的人很亲切，就连门前嘴巴坏的卖花老婆婆也不曾说她坏话。由此看来，肯定是因为曾经收过旧衣服、剩下

① 日本和尚可娶妻吃肉。

的家常菜等，受过恩惠的缘故吧！她原本是檀家[①]之一，但早年丧夫，无依无靠时曾要求暂时在这里当缝纫女工，同住一起，只求可以混口饭吃。洗衣做饭就不用说了，甚至连男人打扫坟地的差事都会帮忙，和尚基于经济考量算一算，就对她有了怜悯之情。这女子也明白自己和对方年纪相差二十岁，实在不成体统，但自己又无处可去，而这里终究还算值得终老一生的地方，也就逐渐不对别人的眼光感到羞愧了。虽然这件事很别扭，但这女子的性情并不坏，因此檀家的人也不怎么追究。在怀了长女小花的时候，在坂本卖油的退休老人，在檀家当中是出了名的热心助人，为他们做媒牵线，劝他们正式公开夫妻关系。信如也是这名女子的孩子，与小花两个人是姐弟。信如有着不折不扣的乖僻个性，整天待在房间不动，生性阴沉；而姐姐小花则是个细皮嫩肉，有双下巴的可爱孩子。虽然算不上美人，但因正值妙龄，人缘也不错，大家觉得放着她当良家妇女很可惜。虽说如此，要寺院的女儿去当艺妓，在

① 在寺院有墓地，并向该寺院布施的人家。

释迦弹三味线[①]的世界还说得过去，但还是有些顾忌外头的传言，因此就在田町的马路上开了间漂亮的茶叶店[②]，让她在柜台格子门里亲切接待客人。一些年轻人不管秤的刻度如何，根本不把账款放在心上，不知为何总是聚过来，大都待到听见每晚十二点的报时才走。来店的客人络绎不绝，忙碌的人是大和尚，他要催收贷款、巡视店面，还要忙种种法事。一个月有几天规定是讲经的日子，他又要查账、又要诵经的，担心这样下去身体会撑不住，于是傍晚时在走廊上铺了花席，光着一只臂膀，一边摇着团扇，一边在大酒杯中斟满冲绳烧酒[③]，下酒菜是他爱吃的蒲烧烤鱼，总是向大街的武藏屋订购生鱼片的部位。被吩咐去跑腿就是信如的任务，但他对这件事恨之入骨，走在路上连抬头看都没有过，一听到斜对面的文具店传来孩子们的声音，就觉得可能是在责难自己因而感到可耻，故意

---

① 三味线是日本的一种弦乐器。这个乐器由四角状的扁平木质板面上蒙上皮制成，琴弦从头部一直延伸到尾部，通常用银杏形的拨子来弹奏。

② 有别于与色情行业有关的引客茶屋。

③ 日本九州地区及冲绳以出产烧酒闻名，烧酒和日本酒不同，口感是像威士忌的蒸馏酒。

假装不知情地走过鳗鱼店门口，然后再等附近没人看见的时候，回头冲进店里。这时的心情让他暗想："我绝对不破戒吃荤。"

信如的和尚父亲完全是个通情达理的人，虽然大家认为他有些贪得无厌，但他并非是会怕别人探听风声的胆小鬼，只要手上有空也可能会做做制造熊手的副业吧？毕竟社会风气如此，十一月的酉日也就理所当然在门前的空地开了卖发簪的店铺，他让妻子戴上头巾，叫卖："来买吉祥物啊！"妻子一开始还觉得很害羞，但是，一听到家家户户做外行生意赚了很多钱，就觉得我在这么多人的人群中，也没人会想到我，傍晚以后再出来叫卖也不引人注目吧？于是，白天请花店的老婆婆帮忙，到了晚上就亲自站出来大声叫卖。或许，这是贪心造成的吧？不知不觉她也没了羞耻心，不禁高声追在客人后面喊着："我算你便宜一点、算便宜一点吧！"在人山人海里推挤时，买家也眼花缭乱，因此忘了这里就是前天曾来祈求保佑来生的寺院门前。和尚妻子漫天喊价："三支发簪七十五钱。"客人就杀价："五支三钱就买。"这世道赚黑心钱的也不在少数，可是信如对这种事实在感到于心不安，就算没传进檀家的耳中，附近人们的看法以及孩子同伴间的流言也会谈到龙华寺摆出发簪店，阿信的妈妈发疯似的卖东西之类的，他觉得很丢脸，所以也劝过妈妈最好别再做这种事了。然而，大和尚却大笑不止说："闭嘴、闭嘴，你这小子哪里懂啊！"简直不当一回事，早上念佛傍晚算账，手拿算盘笑嘻嘻的表情，就算是自己的父亲他还是觉得很可耻，让他也怨恨为什么父亲要剃头当和尚！

本来在父母亲生姐弟的家庭中长大，单纯平稳没有外人的环境，应该没有会造成这孩子个性阴沉的根源，可是信如生性就老实，而且家人又不采纳他的意见总是令他不开心。不管是父亲的行为、母亲的举止，还是姐姐的教育，他都觉得错了，但是说了也没人愿意听，只好放弃，不由得伤心难过。朋友们以为他乖僻、爱刁难人，其实他是自己闷闷不乐，心底很脆弱。听到有人说自己的坏话，也没有勇气出来跟人争吵理论，只会闷在房间里，不敢和人见面，胆小至极。而他在学校成绩好，出身又不差，因此没人认为他是胆小鬼，还有人嫉恨他说："龙华寺的信如就像半熟的年糕，外软内硬，得小心提防。”

十

祭典那晚，信如被吩咐去田町的姐姐那里，第二天之前都没回自己家，所以做梦也没想到文具店发生的骚动。到了第二天，他从丑松、文次等人的口中听到如此这般的情况，事到如今他才对长吉的粗暴行为大感震惊。但是，一切已经结束，就算他责备长吉也于事无补，只能深切懊恼把自己的名字借他使用。虽然不是自己做的，却对大家很过意不去，信如觉得自己也有责任。长吉似乎也对自己做错的事感到有些惭愧，担心见到信如会挨骂，因此有三四天不见他人影，直到风波稍微平息点了，他才对信如说：“虽然阿信你可能会生气，但我是一时失控，请你原谅我吧。谁知道正太刚好不在呢？我们也不想找一个娘儿们当对手——揍三五郎，可是既然都挥舞长柄纸灯笼进去了，就不能白白回去。因为想稍微撑撑场面才胡乱干了这件事，说到底还是我的错。虽然没遵照你的吩咐，我感到很抱歉，但要是现在你生气的话，我的脸就丢光了。就是因为有你当靠山，我才可以像坐在大船上一样放心，要是被你抛弃我会很为难的，即使你讨厌，也请你继续当我们帮派的头目吧！我不会再犯同样的错了。”长吉很认真地向信如道歉，看他这样信如也难以开口拒绝：“没办法了，既然要做就做到底吧。欺负弱者是我们的耻辱，拿三五郎和美登利当对手也太不像话。要是正太找人帮忙打架，到时才能出手，我们绝对不可以先动手打人。”信如劝阻道，并没有严厉斥责长吉，他只希望别再打架了。

无辜的是小巷的三五郎，他被狠狠地拳打脚踢一顿，那两三天痛到站也不是坐也不是。每到傍晚帮父亲把空车拉到五十轩的茶屋屋檐下，甚至连熟识的外送店家[①]都会问他：“三公你怎么了？看起来非常虚弱呢。”人家叫他父亲“鞠躬阿铁”，因为他不曾在尊长面前抬头过，对那些廓内的大老爷就更不用说了，不管面对房东还是地主，

① 为妓院定做食物的餐馆。

他都是完全唯唯诺诺迁就的性格。因此，即使三五郎向他申诉和长吉打架，遭受如此这般的粗暴对待，他仍训斥自己的孩子："那也没办法啊，人家是房东的少爷，不管是你有道理还是对方不对，你都不能找他打架。快去道歉、快去道歉，真是不懂事的家伙。"被叫去长吉那里道歉是必然的结果，因此三五郎把这满腔愤恨忍着不说，过了七天、十天，随着疼痛的地方痊愈，也不知不觉忘了这股怨气，还帮房东家哄婴儿，很高兴拿到二钱的报酬。"乖乖睡，快睡吧！"他背着婴儿走来走去，说到年纪也已经是盛气凌人的十六岁了，这么大个头也不觉得自己哄小孩的模样很难为情，毫不介意地走到大街上，总是成为美登利与正太嘲弄的对象："你的志气到哪去了啊？"虽然会被取笑一番，但还是当他们的玩伴。

从春季赏樱的热闹开始，到为亡者玉菊挂灯笼①的时候，接着是秋季的新仁和贺，光是十分钟内飞驰过这条马路的车辆，就多达七十五辆。不知不觉就连仁和贺也演

① 为了纪念在享保年间逝世的妓女玉菊，吉原的仲之町会在每年的盂兰盆节挂起八角灯笼。

过第二轮。红蜻蜓在水田上纷飞，也快到沟渠[1]传来鹌鹑叫声的时候了。早晚的秋风吹来透入全身，上清店里的蚊香把位子让给了怀炉灰；石桥的田村屋[2]磨粉的磨臼声，听来很凄凉；角海老[3]的钟响也传来总令人感到悲伤的声音。日暮里[4]的火光四季不断，那就是火化人的烟吗？一想到这儿不禁悲从中来；走在茶屋背后的河堤下小路时，仰头听见三味线落下的声音，搭配仲之町的艺妓以高超技艺唱着："蒙君情深假寐同床[5]。"总觉得这一曲也有浓厚的悲哀之情。根据一个出身妓女的人说，从这个时节才开始来吉原的不再是寻欢作乐的游客，而是心中有深情与诚意的人。要写这么点小事也显得很琐碎，大音寺前发生了件稀奇的事：有个盲人按摩师，是一个年约二十的女孩，因为恋情不能如愿以偿而怨恨自己有残疾的身体，在

---

① 位在靠近吉原西侧水田的沟渠。

② 田村屋是卖咸脆饼的店家。

③ 角海老楼是妓院，有知名的钟楼。

④ 日暮里在东京市郊，有火葬场。

⑤ 小曲《迷香》中的一段。

水之谷的池子[①]投水自杀，大家口中流传的就只是这种新闻。有人问蔬果店的吉五郎："怎么那个木匠太吉最近都完全不见踪影了？"一听到有人提起这件事，吉五郎就指着脸的正中央[②]。因为没有更深的缘由值得一提，也就没人谈起了。大街上放眼望去，三五个天真的儿童手牵手唱着童谣："开花了、开花了，开的是什么花？"天真的玩耍自然而平静，唯有车辆来往游廓的声音听起来还是一如既往地勇猛。

秋雨时而淅淅沥沥下着，时而来一阵轰隆声响的暴雨，在这样凄凉的夜晚，没指望会有路过的客人来店里，文具店的老板娘天刚黑就把正门关上，美登利与正太郎还是和往常一样聚在店里。另外，还有两三个更小的小孩，正在玩幼稚的弹珠游戏。此时，美登利忽然竖耳聆听说："那是有人来买东西的声音吗？我听到有人踩水沟盖的脚步声。"正太也停下正在两两数十的手说："咦，是吗？

---

① 位于水之谷平原中的池子。

② 脸的正中央有鼻子，"鼻子"与"花"的日文发音相同，意指因花牌赌博被捕。

我一点也没听见。可能是某个同伴来了吧？”虽然大伙很高兴，但人却只听到那人走到店门前的脚步声，之后就忽然没了动静，无声无息。

十一

正太打开小门“哇！”的一声探头察看，只见那人在隔了两三家的屋檐下，一点一点缓慢往前走去的背影。“是谁，是谁啊？喂，进来吧。”正太出声叫他，接着套上美登利的高齿木屐，不管下雨就要跑出去。“啊，是那家伙啊。”正太又说了这句话回头说，“美登利，叫他他也不会来的，是那个家伙。”并在自己头上画圆给她看。

“是信哥吗？”美登利回问。“真是讨人厌的和尚！一定是来买笔什么的，但是，偷听到我们在这里就回去了。爱刁难人、性情别扭、卖弄小聪明、说话口吃、缺牙齿的讨厌鬼！要是进来我就狠狠修理他一顿，回去真是太可惜了。喂，木屐借我，让我看一下。”美登利说着代替正太探出头去，屋檐的雨滴落在她的刘海上。“哎呀！真不舒服。”说着把头缩回来，但又一直目送着距离四五户人家，在瓦斯灯下肩上撑着大黑伞，有些低头而脚步沉重的信如背影。“美登利你怎么了？”正太很诧异地戳了戳她的背。

“没什么。”美登利爱理不理地回答，回到屋里数起弹珠说：“真是非常讨人厌的小和尚！表面上摆架子，实际上连吵架也不会，总是一副温顺的神色，性情迟钝磨蹭。真是讨厌死了！我母亲说过，心直口快的人心地善良，所以迟钝磨蹭的信哥一定是心术不正的人。呐，正太，你说是不是？”美登利满口都是批评信如的话。“不过，龙华寺那个人还算明事理，说到长吉，那才真是啊！”正太神气地模仿大人的口吻。“好了啦！正太，你明明是小孩，学大人说话真可笑，你还真爱开玩笑。”美登利戳了戳正太的脸颊说：“看你一脸正经的样子。”然后捧腹大笑。“我也只要再过不久就变成大人了，我会像蒲田屋的先生一样穿着方袖外套什么的，把奶奶收藏的金表要来，再戴上戒指、抽根卷烟，那脚上要穿什么好呢？

比起木屐我比较喜欢雪驮[①]，我要穿一双底部有三层皮，用素花缎做木屐带的雪驮。这样穿很搭吧？”正太说道，美登利嘻嘻地笑着泼他冷水说：“矮个子还穿方袖外套配雪驮，这该有多可笑啊，应该就像眼药水的瓶子在走路一样吧。”“别乱说，到时候我就已经长大了，我才不会还这么小一个。”正太自满地说道。“不知道那是什么时候的事啊？你看那天花板的老鼠[②]。”美登利说着用手一指，文具店的老板娘与在座的人都笑倒了。

正太自己一个人认真起来，那双眼珠转来转去说：“美登利当我在开玩笑，可是明明没有人不会变成大人，怎么我说的就很可笑？我还要娶个漂亮的新娘带着走呢，无论如何我都喜欢漂亮的，如果是脆饼店阿福那种豆花脸或是木柴店的凸额头要来当我老婆，我马上就把她们赶出去，不准她们进我家门。我最讨厌痘疤和疥疮了！”正太

---

① 相传雪驮是日本战国时代著名的茶道宗师千利休提出来的鞋子。中间层以稻草或皮革的材质为主，下层则以牛皮、象皮为底。

② 日本谚语：说起明天的事，连天花板的老鼠都会笑。意谓未来之事不可预知。

强调说。老板娘一听忍不住笑了出来："不过，正太你还是常来我店里，你没看到阿姨脸上的痘疤吗？""可是你是老人，我说的是新娘，老人怎样都无所谓。""问这问题我真是太失策了。"文具店的老板娘饶富趣味地顺口讨好他。

"这街上脸蛋漂亮的女生有花店的小六、水果店的小喜，还有比她们都漂亮得多的人，就是坐在你旁边的这位。正太你决定选谁呢？你喜欢小六的眼神呢？还是小喜唱清元小调的声音呢？你喜欢哪个呢？"正太被这么一问脸红了起来说："什么小六的脸还有小喜的声音啊，她们哪里好啊！"说着稍微离开吊灯下的位置，往靠墙的方向后退。"那就是美登利啰？你已经决定好了吗？"被老板娘猜中心思，正太只好说："这种事我哪知道啊，干吗说这个！"迅速转身向后，一边用手指敲打贴在墙壁下半部的纸，一边小声唱起《转啊转啊水车[①]》。美登利把众人的弹珠收集过来说："来吧！再从头来一次吧！"她倒是

---

① 当时的小学音乐歌曲。

一点也没脸红。

十二

信如平时去田町的时候，都喜欢走河堤边的捷径，但其实不走这条路也可以。这条路上有一扇小小的格子门，往里头一探，可以看见优雅的鞍马石灯笼[①]与萩草编的矮篱笆，外廊边卷起帘子的样子也很讨人喜欢。以《源氏物语》的风格来想象，中央有玻璃的纸门后面好像有按察使的未亡人[②]，指尖正在捻着佛珠，剪了短发的若紫[③]仿佛就要走出来似的。这一栋房子就是大黑屋的宿舍。

昨天与今天都是阵雨的天气，但因为田町的姐姐委托的长衬袄已经做好了，母亲恨不得让女儿早点穿上，因此吩咐信如："辛苦你了，可以麻烦你趁去学校前的一点

① 镰仓石的灯笼。

② 《源氏物语》中紫之上的外祖母。

③ 即为后来的紫之上。

时间拿去吗？小花一定也在等了。”信如的个性温顺，不管什么事都无法一口回绝，就只是说声“好的”，腋下夹了小包袱，穿上鼠灰色小仓布的木屐带，套上朴木齿的木屐，动作迅速地撑把伞就出门了。

信如在黑齿沟的转角处转弯，决定沿着平时走的小路走，没想到运气不好，走到大黑屋的前面时，忽然刮来一阵风抓住了大黑伞的上端，狂风猛烈得简直令人怀疑要把他往空中吊起来，信如怕被吹走就在脚上用力一踏，没想到以为没这么脆弱的木屐前鞋带竟然松脱了，比起伞来这可更糟糕了。

信如不知如何是好，但是事到如今什么办法也没有，只好把伞靠在大黑屋的门边，在屋檐下避雨修理木屐带。对一个平常不熟练的和尚来说，这是多么困难的事，即使他心里干着急，还是怎样也无法顺利系上木屐带。他很生气又着急，急死了，就从袖兜中抓出写作文打草稿用的大张纸，迅速地撕开搓成细纸绳，但是爱捉弄人的风雨又下了起来，把他靠在门上的伞吹得滚了出去。“可恶的家伙！”他气愤地说道。才刚伸出手要抓住伞，放在膝盖上的小包袱就跟着掉了，包袱布上沾满泥巴，连自己穿的衣服袖兜也弄脏了。

雨中没伞看起来很可怜，途中还把木屐带踩断更是无比可怜，美登利在纸门中透过玻璃远眺到了这一切。“那里有人的木屐带断了，母亲，我拿点碎布给他好吗？”她问道，接着从针线盒的抽屉里抓出友禅绉绸的碎布，连穿上庭院的木屐都显得急不可待，还来不及撑上外廊边的洋伞，就沿着庭石快步走来了。

一看见那是谁，美登利的脸立刻就红了，好像遇上什么大事一样，心头小鹿乱撞。她怕被人看见只好回头查看，战战兢兢地靠近门边。信如也忽然回头，他也默默地腋下流出冷汗，恨不得赤脚逃走。

如果是平常的美登利，一定会指着信如这副困窘的模样笑个不停：“你真是没出息！”尽情地说出讨人厌的话：“好啊！祭典那晚是你说要报复正太，要长吉他们来打扰我们玩，把无辜的小三打一顿，是你出的高见在背后发号施令吧？好了，还不乖乖道歉！怎样，长吉叫我妓女、妓女的也是你指使的吧？妓女也没什么不好啊，我可是连一丁点儿人情都没欠你，我有爸爸和妈妈，还有大黑屋的老板和姐姐，才不需要像你这种不守清规的和尚的照顾呢！别叫我妓女什么的，你要说什么别躲在暗地里窃笑，就在这里说吧！要当你对手我随时奉陪，好了尽管来吧。”她本该挽起袖子说得一副滔滔不绝的气势，信如也应该难以招架才对，现在却一句话也不说，躲在格子门的背后，但也没有离去，只是举棋不定，胸口澎派激昂地跳个不停，这个模样与平时的美登利判若两人。

十三

打从想到这里是大黑屋时开始，信如就不由得害怕，他只顾着往前走，左右连看都不看，但遇上不凑巧的雨、不凑巧的风，就连木屐带也踩断了，不得已只能在门边搓纸绳，这种心情实在是忧郁又难堪。就在此时，有人踩过踏脚石的脚步声从背后传来，更有如泼他一盆冷水。不用回头看也知道是美登利，他发抖得直打哆嗦，脸色应该也变了，背对美登利假装继续专心修鞋带，然而一半的心思已经恍惚宛如梦中，这双木屐似乎不管花多少时间都没办法穿了。

美登利在庭院伸长脖子探头看。“哎呀！你那笨手笨脚的，那手的动作怎么会有用？搓纸绳搓反了，把稻草芯硬塞进鞋子顶端的木屐带，一点也不耐用。喂、喂、喂，你不知道和服外褂的下摆都沾到地上被泥巴弄脏了吗？哎呀，雨伞滚走了，把雨伞收好靠在旁边就好了啊。”她对每件事都感到着急而不耐烦，但也没说声“这里有碎布，用这块布系上吧！”一直站着而被雨淋湿了衣袖，也忘了避雨，只知道躲着偷看信如，而不知情的母亲从远处喊她：“火熨斗的火生好了喔！美登利你这孩子在玩什么？下雨跑到外面乱玩可不行喔！不然，又会像前几天一样感冒的。”“好，我马上过去。”美登利大声说道，一想到这声音被信如听到就觉得很害羞，心里扑通扑通地、面红耳赤。在无论如何都不能打开的门边，但又难以看着信如不管，盘算过各种方案后，美登利透过格子门的间隙把手上拿的碎布默默地抛出去，信如却一副看见但假装没看到的表情。“唉，他的性情还是一如既往。”她的眼里尽显这股忧伤的心思，表情有些泪眼的怨恨。“到底在憎恨什么，竟然露出那么冷淡的态度，我才有话想说呢！这个人真是太过分了。”心头一股气油然而生，母亲又屡次叫唤更觉冷清，无可奈何只好踏出一两步。“哎呀，我干吗这么不干脆，有这种念头真丢脸。”接着转身咔嗒咔嗒沿着庭院的踏脚石离开了。信如到了现在才寂寞地回头看，只见一条红色友禅[①]被雨淋湿，上头美丽的红叶图案散在自己的脚边。虽然不由得觉得动心，但他仍没捡起布条，而是空虚地眺望，心情郁闷。

信如放弃自己的笨手笨脚，解下和服外褂较长的细绳，一圈圈难看地缠上绑着，临时将就一下。要穿这双木屐走到田町吗？想到这个又觉得很困扰，但不得已只好站起来，信如横抱着小包袱才刚离开门两步，眼里又映入友禅上的红叶，就这样丢下不管也于心不忍，就在他留恋回

① 友禅是友禅印染的简称，这是日本的一种纺织法。传统的友禅染是用一种叫露草的植物，把花瓣轻轻一捻，会有一点点黏稠的汁液，染上布料，自然与传统服饰结合，所以这个技法也象征日本的和服。

头看时，“阿信你怎么了？木屐带断了吗？你怎么这副德行，真难看啊！”忽然有人对他搭话。

信如吓了一跳回头一看，原来是爱打架的长吉，看来是刚从廓内要回家，他浴衣上套了一件唐栈的和服，柿色的三尺带一如以往系在腰的前端。身上那件新半缠①，领子是黑八丈绢布制成，撑着一把有妓楼商号的伞，高齿木屐的木屐罩也是今天早上才新用的，漆色显得很明亮。一身打扮看起来与众不同，让他得意洋洋。

“我的木屐带断了，不知道怎么办才好，我真的很不擅长修理。”信如很没志气地说道。“果然是，你怎么会修木屐带。好了，你穿我的木屐走吧！这双的木屐带没问题的。”长吉说道。“可是这样你会很困扰吧。”信如说道。“什么啊，我习惯了，就这样啊……”长吉说着匆匆把和服后摆约三分长的部分撩起，“这样比绑成那样爽快多了。”接着把木屐脱下。“你不就打赤脚了，这样我过意不去。”虽然信如非常为难，但长吉说：“没关系，

---

① 印有店名的短和服，通常是工作服。

我习惯了。阿信你的脚掌很柔软，没办法光脚走石子路，来吧，穿上这双鞋。”并亲切地把一双鞋摆整齐给他。人们都把长吉当瘟神一样疏远他，然而他却扬起宛如毛毛虫的浓眉说出如此和善的话来，真是可笑。“阿信，你的木屐让我拎走，扔进厨房就没问题了吧！好了，快换上，把你的鞋子给我。”长吉很照顾信如，单手拎起断了木屐带的鞋子，并相约道：“好了，阿信你走吧，之后学校再见。”信如往田町的姐姐那里走，长吉则往自己家的方向去。两人别离后，徒留那块令人挂念的红色友禅惹人怜爱的身影在格子门外。

十四

这一年的酉日多达三天，虽然其中一天的活动告吹了，但前后两次的好天气让大鸟神社热闹非凡，年轻人以此为借口从检查场的门乱跑进来，说到那股气势，笑声震天简直快要天柱折地维绝[①]似的。仲之町的大街好像忽然改变了方向，人群从角町京町各处的吊桥涌入，“快啊、挤啊！挤啊！”也有发出很像船夫摇桨的吆喝声把人潮分开的一伙人。从河岸小店的妓女呼声到宏伟高大的高级妓院楼上，各种弦歌之声涌现的趣味，大部分的人回想起来应该都忘不了吧。正太这一天休假不用去收利息，先去探望了三五郎的地瓜店，又拜访了丸子店高个子开的不亲切年糕红豆汤店说：“怎么样，有赚钱吗？”“阿正，你来得正好，我这里的红豆馅料没了，接下来要卖什么才好？虽然马上可以煮好，但是中间的客人不能断，该怎么办啊？”高个子征求正太的意见。“真是没智慧的家伙，你看大锅的四边不就粘着一圈红豆馅吗？粘着不用不是很浪费？用热水把馅料冲一圈回锅子，再加砂糖变更甜，就可以多做十人份或二十人份了。每家店都是这么做，又不是只有你这样。反正这种热闹场合谁会管好坏，卖吧卖吧。”正太说着站在前头，把砂糖罐拉过来。高个子只有

---

① 意为天崩地裂，出自《列子·汤问》。

一只眼睛的母亲一脸惊讶称赞他："你真是会做生意，聪明得吓死人。""什么啊，这种事就算聪明吗？我刚才在小巷的潮吹那家店看到馅料不够时就是这么做的，又不是我的发明。"正太只是丢下这句话，又问："你知道美登利在哪里吗？我从今天早上就在找她，她去哪里了，也没来文具店。人在廓内吗？"卖丸子的回答："嗯，美登利啊，她刚才经过我家前面，从扬屋町的吊桥进去廓内了。阿正，真是不得了啊！今天她扎了一个这样的岛田髻①。"说着比了个古怪的手势，"她可真漂亮啊。"他一边擦鼻子一边说道。"她比大卷姐还漂亮，不过她也会去当花魁真是可怜。"正太低头答道。"当花魁不是很好吗？那我明年开始就要卖应季商品，等我赚钱了就拿钱去买她。"高个露出一脸傻样。正太则说："你少臭美了，你一定会被拒绝的。""为什么为什么？""管它为什么，你就是会被拒绝啦。"正太有些脸红笑着说道。"那我去绕一圈，之后再过来。"正太临走留了这句话就走出

① 从江户时代前期开始，年轻女性都会梳着从男子成年前的发型变化而来的"岛田髻"，因此这种发型便成了年轻与未婚女性的象征。

门了。“直到十六七岁，当成蝴蝶花朵抚养长大。”他以奇怪的颤抖声唱着最近此地的流行歌曲。“而如今的工作才有切身之痛。”嘴里反复唱道，那双雪驮的鞋声也混入情绪兴奋高亢的人群中，矮小的身躯立刻没入消失。

挤出人山人海后，在游廓的角落有人与女佣阿妻结伴同行，一边聊天一边迎面走来。仔细一看，那一定是大黑屋的美登利没错，她真的如同傻子说的，扎着一头娇滴滴的大岛田髻，宛如棉花般的绞染皱缩发带飘然垂下，还插着一把玳瑁的簪子，带有流苏的花簪闪耀动人。她的打扮比平时更加色彩缤纷，看起来简直像京都人偶[①]一样。正太看得连声音都发不出来，只是止步注视着她，并未像往常一样过去搂住她。“是正太吗？”倒是美登利跑了过来说。她又说：“阿妻小姐你要买东西，那我们就在这里分开吧？我要和这个人一起回去，再见。”说完后，点了点头。“哎呀！小美你真现实，不用我再送你了吗？那我就去京町买东西了。”阿妻说着碎步跑进长屋的小路中。正

① 京都名产，是精致漂亮的少女人偶。

太这才拉拉美登利的袖子说："这打扮很适合你呢，你什么时候扎的头发？今天早上吗？还是昨天？怎么没早点给我看。"好像很遗憾似的向美登利撒娇，美登利则是垂头丧气又口气沉重地说："今天早上在姐姐房间扎的，我讨厌死了。"她低着头，羞于面对来往的目光。

十五

难受又害臊，自己身上有了羞怯的事，因此别人的称赞听起来却像嘲笑，她的一头岛田髻很讨人喜欢，但人们回头看发髻的眼神被美登利理解为轻蔑自己。"正太，我要回家了。"她说道。"怎么今天不玩了？有人骂你吗？跟大卷姐吵架了吗？"被正太问了这些孩子气的事，让她不知如何回答，只知道脸红，结伴同行经过丸子店前时，傻子从店里喊了声："感情真好啊！"听到这句讲得很夸张的话，美登利露出了想哭的表情说："我讨厌和正太一起走。"就扔下正太一个人加快脚步走了。

美登利走得很急，明明说好要一起去逛酉日市集，现在却改变路向朝自己家的方向走去。“你不一起来吗？为什么往那边回家？太过分了！”正太还是一如往常向她撒娇，但美登利断然拒绝，一句话也不说就走。正太不明就里吓呆了，紧跟追上抓住她的袖子，虽然感到很可疑，但美登利只是满脸通红说了句“没什么”，声音听起来明明有原因。

美登利穿过宿舍的门，正太常来这里玩惯了，也就不必客气，跟在美登利后面从外廊边悄悄来到屋内。美登利的母亲看到就说：“喔，正太你来得正好，美登利从今天早上就开始心情不好，让大家跟她相处很不便，为此我伤透了脑筋，你陪她玩吧。”正太像个大人一样正襟危坐，认真问道：“她身体不舒服吗？”“不是。”她母亲露出可疑的笑容说道，“再过不久就会好了，还是老样子任性，她一定也会和朋友吵架吧。真是受不了她这位大小姐。”说着回头一看，美登利却不知什么时候已经把被子和棉质睡衣拿到小房间，只把腰带与上衣脱掉，脸朝下趴着什么话也不说。

正太战战兢兢地靠近枕边，“美登利你怎么了？生病了吗？还是心情不好？到底是怎么了？”他并没靠得太近，只是把手放在膝盖上心中苦恼着。美登利还是完全没回应，只听见她掩着袖子偷哭的啜泣声。看她未扎进发髻的刘海都沾湿了，这分明有什么原因，但孩子气的正太却什么安慰的话都说不出口，只能束手无策。“到底是怎么了？我明明也没惹你生气，你为什么要那么生气？”见正太窥探她的神色一筹莫展，美登利这才擦干眼泪说：“正太，我不是生气。”

“那你为什么这样？”一被问到这个，就想到各种令人忧愁的事，偏偏这是无论如何也不能说的羞怯事情，也没有和任何人说实话的方法，不说也会自然脸红起来。虽然也谈不上有什么特别的，但还是逐渐、慢慢地觉得沮丧，今天的一切，昨天的美登利还完全没有体验过，这种难为情的事真是无法用言语表达。“可以的话真想在昏暗的房间里不跟任何人说话，也没人会看我这张脸，一个人随心所欲地度过朝夕。这样的话就算有这种难受的事，也不用在意别人的眼光，也就不用这么苦恼了。如果可以永远永远一直和人偶与纸娃娃玩扮家家酒，那想必很开心吧！哎呀，讨厌、讨厌，我不要变成大人，为什么要这样年纪变大，真想回到七个月、十个月，甚至一年前。”她的这些想法简直像个老人，一点也没替待在这里的正太着想，人家一跟她搭话她就全都顶回去：“正太，你回去啦！求求你了，回去啦！只要你在这里我就要死了。你一跟我讲话我就头痛，我一说话就头晕眼花，不管是谁来我这里我都讨厌，请你也回去吧。”她和平常不一样，一副厌烦的样子，正太无法理解她是怎么了，就像笼罩在烟雾中似的。“你怎么那么古怪，怎么这么说呢？你这个人真奇怪。”他觉得有点委屈，虽然故作冷静地说话，但眼眶却冒出懦弱的眼泪，然而美登利却怎么也没顾虑到他：“回去啦、回去啦，你一直待在这里的话我就不把你当朋友了，讨厌的正太。”被美登利语带憎恨地这么一说，“好啦！我回去，真是打扰你了。”正太回道。他也没向正在浴室看洗澡水温度的美登利母亲打招呼，就突然站起来从院子前面跑出去了。

十六

正太笔直地奔跑，时而穿过、时而钻进人群中，最后冲进文具店，没想到三五郎不知何时已经将店面收好，围裙的口袋里发出一些钱咣啷作响的声音，他带着弟弟、妹妹来店里说：“喜欢什么就买吧。”一副了不起的大哥模样。他正开心的时候，正太突然闯进来。“哎呀，阿正，我刚才正找你呢。我今天赚了很多钱，也请你吃点什么吧。”他才刚说，正太就回：“说什么蠢话，我哪需要你请客，给我闭嘴，少说大话了。”他一反常态地说话粗暴，接着又郁闷地说：“现在别说这个了。”“怎么了？打架了吗？”三五郎把吃到一半的红豆面包塞进怀里说，“对手是谁？龙华寺的那位还是长吉？在哪发生的？廓内还是鸟居前[1]？这次和祭典时不一样了，只要不是意外被打就不会输，我愿意当先锋，阿正你可以放胆去干一架！”一副干劲十足的模样。“唉，你这性急的家伙，才

---

① 意指大鹫神社的境内。

不是打架。”但还是因难以开口说出实情而闭口不语。“但是我看你很夸张地冲进来，才以为一定是打架了。不过阿正，今晚要是没开始打的话，以后也没办法打了，长吉那小子就要少一只手了。”正太反问：“为什么会少一只手？”“你不知道吗？我也是刚刚才听我父亲跟龙华寺的太太讲话才知道的，阿信过几天就要进某家和尚学校了。他穿上袈裟以后就不能出手打架了，毕竟他根本不可能卷起那种轻薄又长到吓人的衣物来打架吧！这样一来，从明年开始不管大街还是小巷，就全是你的手下了。”三五郎煽动正太。“你少来了，要是给你两钱你就去加入长吉的帮派了吧。像你这种人，就算有一百个当伙伴也半点都高兴不起来。你想跟谁就跟谁吧，我想马上凭真本事，不找人帮忙和龙华寺那家伙打一架，要是他被叫去别的地方我就没办法了。我本来听说藤本明年学校毕业后才要去，怎么改成这么早？真是让人无计可施的小子！”正太虽然不满地咋舌，但一点也没把这件事放在心上，倒是美登利的举止不断在眼前重现，他也不像往常那样唱歌了，甚至连大马路上来往的人山人海景象，都因为他心里寂寞而不觉得热闹。从掌灯时分开始就一直待在文具店，今天的酉日市集真是一塌糊涂，到处都是怪事。

美登利从那天开始行为举止好像换了个人，有事的时候才会去游廓的姐姐那里，但绝对不在街上玩耍，朋友觉得寂寞去邀她，她也只会没完没了地空口答应“不久就去、不久就去”，就算是曾经那么要好的正太也不再亲近了。她总是害羞地脸红着，要再见到她在文具店手舞足蹈的活泼模样怕是很难了。虽然旁人很诧异，也有人担心她是不是生病了，但她母亲仍独自微笑着说：“她再过不久就会露出泼辣的本性了，现在是中途休息而已。”不知情的人还是不懂为什么，有的人则是夸奖她：“像个女人了，变温顺了。”但是，也有人指责：“难得这么有趣的孩子真是糟蹋了。”大街上就像忽然灭了火似的变得冷清，也很少听见正太的美妙声音了，唯有每天夜里的弓形把手提灯，在收利息钱的时候清晰可见，走在河堤上的影子看来多么冷清，只有偶尔陪伴他的三五郎的声音，无论何时仍旧听起来很滑稽。

龙华寺的信如即将进入修行自己宗派的学校，这消息完全没传到美登利耳里。她把过去的意气用事就这样尘封起来，这一阵子发生的怪现象让她觉得自己都不是自己了，只是对任何事都感到难为情。某个下霜的早晨，有人从格子门外插入一朵纸水仙花，虽然不知道是谁插的，但美登利不知为何感到满怀眷恋。她把这朵花插入交错隔板架上的小花瓶中，欣赏那清寂的风采。后来无意中听说，在那第二天，正是信如要进入那所学校改换袖色[①]的日子。

① 僧侣穿墨黑色的衣袖。

为爱所苦的樋口一叶

“可耻也好、可恨也好、苦恼也好、可怜也罢、可悲也罢、寂寞也罢，无穷遗憾、使人厌烦，便是恋爱的真髓。”

1891年（明治二十四年），以职业作家为志愿的一叶在妹妹邦子友人的介绍下，第一次见到了小说家兼记者、比自己年纪大上一轮的半井桃水。半井桃水是个五官端正的翩翩男子，一叶在日记中这样描述对半井先生的第一印象：“他气色很好，神情温和，当他微笑起来，大概连三岁的孩子都会喜欢他。”一叶开始接受半井的指导，他们总是聚在一起品评小说、谈论写作，这段日子里一叶不仅习得了不同于古典小说的写作技巧，在频繁的往来间渐渐被他吸引，年方十九情窦初开，经常在日记里巨细靡遗地描述相见时半井先生的穿着打扮、言行举止，字里行间透露着轻巧而慎重的爱恋思绪。

然而，两人过从甚密的绯闻传至私塾荻之舍后，荻之舍的老师中岛歌子和同学们纷纷向一叶提出与半井桃水断绝关系的建议。在当时的社会风气下，即使是单身的男女二人，若非以结婚为前提的往来往往难逃舆论指点与谴责。一叶百般难舍地向半井提出了绝交的请求，之后虽然两人仍偶有书信往来，但对一叶而言这段思恋已成云烟。因为半井桃水，一叶初次“体会到人生至深的悲哀，不知道为此在暗地里流下多少泪”，而在她笔下的美登利，似乎也同样尝到了这份初恋的甜蜜与苦涩呢。

十三夜

上

平时阿关会搭乘威风凛凛的漆黑人力车回娘家，只要车声在门前停了，她的双亲就知道应该是女儿回来了而出去迎接。可是，今夜她却搭乘路过载客的人力车，甚至在街头就老早把车打发回去，一个人无精打采地站在格子门外。

而父亲在家中仍旧老样子大声说话：

“说起来我也算是一个幸福的人，不管哪个孩子都很温顺，抚养他们不用太费心，而且又人见人夸。只要不渴求非分的欲望，我也没有其他愿望了。哎呀，这真是值得庆幸啊。”

父亲肯定是在和母亲说话吧！

唉，他那么开心，什么都还不知道，我有什么脸请他帮我要离婚书呢？被骂是必然的。身为已经有太郎这个儿子的妈妈，却把太郎放着跑出夫家，虽然也已经左思右想过种种，但事到如今要惊动两位老人家，让他们至今的喜悦都化为泡影，还是觉得很痛苦。

干脆不要说，回去算了。只要回去了，我就是太郎的母亲，无论到什么时候我永远都是原田的夫人。双亲也可以因有个奏任官[①]女婿而引以为傲，只要我勤俭持家，偶尔也可以送他们合口味的点心或零用钱。如果按我的意思离婚了，继母就会让太郎尝到苦头，双亲也会因突然失去以往的骄傲而抬不起头来。还要担心别人的看法、弟弟的未来，唉，我怎能因为自己的私心阻挡了弟弟出人头地的前途呢。回去吧！回去吧！回到那个像魔鬼的丈夫身边，那个魔鬼的、魔鬼的丈夫身边……

哎呀，不要、不要！就在她身体发抖的时候，摇摇晃晃之间不禁撞到格子门发出“嘎”的一声。于是父亲大声问：“是谁啊？”他误以为是路过的顽童恶作剧。

阿关站在门外呵呵笑着说：“父亲，是我啊。”声

① 明治官制，三等到九等的高等官。

音极为可爱。“咦？是谁、是谁啊？”父亲拉开纸门一看说：“喔，是阿关啊。你怎么站在那里？怎么这么晚还过来，没搭人力车，也没带女佣吗？哎呀，快进来，快进来吧。突然被你吓到真让人惊慌失措，格子门不用关，没关系，我来关。你就进去，一直往里走到月亮照到的地方吧！来，用坐垫，坐在坐垫上吧！榻榻米很脏，我跟房东说过了，但他说工匠没空处理。你不用客气什么，怕衣服弄脏了垫着这个吧！哎呀，你怎么这么晚才出来，家里都还好吧？”

父亲还是一如往常高兴地欢迎女儿回家，这让阿关如坐针毡，父亲把她当夫人款待实在让她感到可耻，只好吞下眼泪问：“是啊，每个人都没有因气候变化生病。这么久没来问候实在很抱歉，父亲和母亲都还好吗？”

“你太客气了，我健康得很，连个喷嚏都没有，你妈也不过是有时月经不调而已，盖上棉被过半天一下子就好了，没什么大碍。”

父亲精神饱满地呵呵大笑。

“怎么没看到亥之，他今天晚上去哪里了？那孩子还是一样用功吗？”阿关问道。

母亲露出笑容一边奉茶一边说：“亥之刚才去夜校了，那也是托你的福，他最近才刚加薪，而且课长也很疼他，你大可以放心了。说到这个，我们在家每天都说‘这都多亏了有原田先生的姻亲关系’阿关，虽然你应该不会疏忽才对，不过，今后也要讨原田先生开心，毕竟亥之的天性又不是很会说话，就算见面了，也只会简单地打招呼而已。要请你居中多多帮忙传达你父亲和我的心意，亥之的前途就拜托你了。现在正是季节交替的时候，天气不太好，太郎还是很顽皮吗？怎么今晚没带他来？他外公很想他呢。”听母亲说这些，阿关不由得更伤心了。

“本来想带他来的，可是那孩子天黑不久就想睡，老早就睡着了，我只好放他在家里。而且他真的很顽皮，一点也不听话，出门就跟在我后面，在家里就老黏在我旁边，真是麻烦得不得了。为什么他会这样呢？”阿关才刚开口说这些，一想起孩子，心中就宛如涨满了眼泪。自己狠心地放他在家里，现在他应该醒过来叫着“妈妈、妈妈”了吧，给女佣们添麻烦了，就算拿脆饼或米花糖给他也没用，大家都拿他没辙，搞不好会恐吓他被鬼吃掉也说不定，真是可怜。想到这阿关真想放声大哭，然而眼前父母的心情正好，当然不能说出这种事，只好抽两三口烟蒙混过去，干咳几声，用和服衬衣的袖子擦拭眼泪隐瞒。

“今天是农历的十三夜[①]，虽然是自古以来的习惯，我也照着赏月的习俗做了些江米团子[②]供奉月亮。这东西你也很爱吃，我本来想叫亥之助带一些给你，可是他很不好意思去，说这种东西就别送去了。而且中秋十五夜[③]我也没有给你送去，成了单赏月也不吉利，所以虽然想给你吃，但还是没办法给你。不过你今天晚上来了，简直像做梦一样，真是了却了我的一桩心愿。虽然你在自己家要吃多少甜食都有，可是妈做的不一样，今晚你就放下夫人的架子，回到从前的阿关，别管外表了，不管豆子还是栗子，爱吃什么就吃给妈看吧！我经常跟你父亲谈起你，阿

---

① 农历九月十三日的夜晚，与八月十五有成双赏月的习俗，并将缺一的单赏月视为忌讳。

② 江米团子是一种用江米做的肉丸子。日本人在赏月的时候会吃江米团子，而这个丸子又称为“月见团子”。

③ 农历的八月十五日，又叫八月十五夜，也是日本的中秋节。

关你嫁的当然算出人头地，外表看起来也很漂亮，但是也要和那些上流社会的人以及有身份地位的太太们交际，总之身为原田的妻子，你应该也很操劳吧。要使唤女佣，也要费心应对出入宅邸的人，总之站在别人之上，也就有更多事要你操心。而且你的娘家又是这种身份，更要加倍操心以免被人瞧不起。想到这种种，你爸和我当然很想去看看孙子和女儿的脸，可是去得太频繁又怕让你难做人，也就不能常去了。其实，有的时候也会经过你家门前，但是自己穿着棉衣又撑着棉缎洋伞，这时候只能眼睁睁看着二楼的帘子，心想着'哎呀，阿关在做什么呢？'就走过去了。要是娘家争气一点，你也比较有面子，同样嫁出门你也能稍微轻松点，别的不说，就像这次想送江米团子给你，可是光看这个餐盒就太寒酸了。"

这些话听起来充满了对阿关的关爱，虽让人开心，却也透露了父母因无法过满意的生活而有些埋怨，对于卑贱的身份感到可耻的心声。

"我觉得自己真是不孝，您说得没错，我穿着柔软质料的衣服，出门坐人力车，看起来感觉很风光。可是就算想做些事孝顺父母也办不到，说起来不过是虚有其表，不如做点家庭副业待在父母身边生活还比较痛快。”阿关才刚说出口，父亲就说：

“胡说，这种话就算是假的也不能说。你已经出嫁，就不能还想着供养娘家父母。以前在家的时候你是斋藤家的女儿，出嫁了就是原田的太太，不是吗？只要可以讨勇先生高兴，把家里大小事都整顿好，就没什么好烦恼的了。虽然要费心劳力，但既然你这么有福气嫁进去，就应该不会承担不起。女人就是什么都爱抱怨，你妈就爱说些没意义的话，真拿她没办法。哎呀，她因为不能给你吃丸子就生气了一整天，看来这丸子是她很用心做的，你就多吃点让她放心吧！应该很甜吧！”父亲开玩笑地说道。阿关又错失了说话的良机，只好怀着感谢吃母亲款待的栗子和毛豆。

自从阿关出嫁七年以来，她从未在夜间回娘家，而且还没带礼物，一个人步行过来，这全是没有先例的事。也许是心理作用，总觉得她身上的衣服好像也没有平时的华丽。因为久未见面的喜悦之情，让她没注意到这些，但阿关连一句帮女婿问候的话也没说，虽然强颜欢笑，但心底沮丧的样子也一定有什么理由。

父亲望着桌上的钟说："已经快十点了，阿关可以在这里过夜吗？要回去的话也该是回去的时间了吧。"父亲露出试探的表情。阿关则一副事到如今只好坦白的样子，抬头看着父亲说："父亲，我是有事请求才回来的，请听我说。"

当她郑重地把手放在榻榻米上低下头时，一滴眼泪这才夺眶而出，泄露了她层层的忧愁。

父亲的脸色转为不安，膝行向前问："怎么一本正经的，有什么事？"

"就在今晚，我下定了决心不再回原田家才出来的。我没有得到勇的许可，把那孩子哄睡，哄睡太郎以后，就下定决心再也不见他的脸出来了。那孩子除了我以外，给谁照顾都不要，我把他骗睡以后趁着他做梦，才铁了心出来的。父亲、母亲，请体谅女儿的苦衷。今天以前我从来没告诉你们关于原田的事，虽然我从来没跟人说过勇与我之间的感情，但经过我反复考虑了千百次，哭尽了两三年的眼泪，直到今天，今天我总算下了决心，无论如何也要离婚，拜托你们替我讨离婚书。从此以后，我做家庭副业也好，做什么别的也好，我愿意用心成为亥之助的得力助手，请让我一辈子单身留在这里吧！”阿关说完后，发出了“哇”的一声，她咬紧衬衣的衣袖强忍哭声，衣服上墨画的竹子也被染成了紫竹的颜色，十分可怜。

“这到底是怎么回事？”父亲母亲都逼近追问她。

“虽然我过去一直沉默不说，但是只要看我家夫妻面对面相处的情况半天，就大概明白了。

“他只在有事的时候才跟我说话，而且是冷酷无情地命令我。早上起床我向他问安，他就突然转头看别的地方，故意夸奖庭院的花草。我虽然对此感到生气，但毕竟他是我的丈夫，我也就忍下来了，从来没跟他吵过架。然而，他却从吃早餐开始，就不断发牢骚，在用人面前狠狠地一一指出我很笨拙、没礼貌什么的，这也还算可以忍受，可是他又把我没教养、没教养当成口头禅，一直鄙视我。确实，我本来就不是坐在贵族女校的椅子上长大的人，也没像他同事的太太们学过花道、茶道、和歌和绘画，所以没办法成为他谈论这些事情的对象。不过，既然我不会，他可以暗地里让我学就好了，根本不需要公开张扬我娘家不好，这不是让我在女佣们面前都抬不起头吗？

“虽然刚嫁过去的半年时间里，他也会叫着‘阿关、阿关’殷勤地对待我，可是自从我有了那个孩子以后，他就好像完全变了个人，想起来都令人害怕。我仿佛被推下漆黑的山谷，再也见不到温暖的阳光了。

“一开始我以为他是开玩笑，故意冷落我闹着玩，但其实他已经完全对我感到厌烦了。他觉得这样做我就会离家出走，那样做我就会提出离婚，所以就不断折磨虐待我到底。

“父亲和母亲都知道我的性格，即使丈夫沉迷于艺妓，或是娶了小老婆，我也不会对这种事吃醋。我也听过女佣们之间流传这种谣言，但他是个有能力的人，男人多少会有这种状况，所以我也很用心准备他出门穿的衣服，努力不惹他生气。只是他却对我做的一切都不满意，总是鸡蛋里挑骨头，说什么在家里不开心是妻子做得不好。既然这样也该告诉我是什么不好，哪里不满意才对，他却只会一个劲儿地骂我无聊、没意思、不懂事的家伙，根本是不能商量的对象什么的，就只会奚落我‘我是把你当作太郎的奶妈留在家里’。

“他真的不能算是丈夫，而是魔鬼。虽然他没直接亲口说过要我离开，但我看太郎那么可爱，只好如此没志气地舍不得太郎，造成丈夫说什么我都不敢违背，只能唯唯诺诺听他训斥，他却骂我‘真是没干劲也没志气、无所事事的家伙！你就是这样我才不喜欢’。可是我如果当真，稍微申辩自己的主张，不服输地回应他，那他一定会以此为把柄要我离开。

“母亲，我并不在乎走出来。被那个只有响亮名头的原田勇休了，我一点也不觉得可惜。只是一想到什么都不懂的太郎以后就会变成单亲的小孩，我就没了志气，也没了自尊，只会道歉讨他开心，就连没什么大不了的事都感到抱歉，一直沉默地忍到今天。父亲、母亲，我真是不幸啊！”

阿关吐露了她的委屈与悲哀，讲起这些她父母做梦也想不到的事，让他们面面相觑，原来阿关是如此忧愁啊，惊讶得一时之间无言以对。

做母亲的就是比较疼小孩，听到女儿说的每件事，都让她深感愤恨。

“虽然不知道孩子的爸是怎么想的，但本来就不是我们拜托他娶阿关，把小孩送去的，而且说什么身份不高啦，学校什么的，还真是大言不惭啊。对方可能忘了也说不定，但我可是连日子都记得一清二楚。事情发生在阿关十七岁的新年，连门松[①]都还没取下的初七早晨。阿关在以前猿乐町的他家门前跟邻居的小女孩打板羽球，那个女孩打的白色羽球刚好落在经过的原田先生车子里，阿关就去拿回羽球。

“据说，这时就是他第一次看到阿关，之后他就找媒人纠缠不休要娶阿关。我们跟他的身份不配，而且阿关根本还是个孩子，什么技艺学识都没教过她，以现今这种家庭状况也没办法准备嫁妆，因此不知道拒绝了多少次。可是对方却说他家没有啰唆的公婆，是我愿意、我想娶她，

---

① 日本新年会在门前装饰松枝。

不用管身份什么的，技艺之类的等嫁过来以后，会让她学个够，也不用担心这点。总之，只要答应嫁给我，我就会珍惜她。他就这样好像火烧眉毛似的三催四请，虽然不是我们央求的，他却连嫁妆都替你准备好了，意思是你是他的爱妻。我和你爸很客气不太常和你家来往，并不是畏惧勇先生的身份。你又不是嫁给他当小老婆，是他正正当当的拜托了几百遍才明媒正娶的，我们当然可以大摇大摆地进出，这都没关系，但是因为他八面威风而我们的生活微不足道，要是让别人觉得我们好像是依靠你的姻缘来接受女婿的帮助，那就委屈你了。所以虽然不是打肿脸充胖子，但唯有在应酬往来上，我们尽力做到符合身份，平常想见女儿一面也都不去探望。

他说的是什么荒谬的话！夸张得好像捡了一个无父无母的孤儿似的，亏他敢那样说我女儿什么懂事不懂事的，要是保持沉默他就更无法无天习以为常了。首先是当着婢女们的面削去妻子的威势，结果就没人会听你的话了。而且要是教太郎让他瞧不起母亲，该怎么办？该说的一定要说，他如果骂你那样不好，你就说‘什么啊，我也有家’

出来不就好了吗？你实在太愚蠢了，怎么把这么严重的事一直忍气吞声到今天？还不都是因为你温顺过头，反而让他越来越放肆了。光是听你说都气死了。你不必再退让了，不管身份是什么，你也有父有母，虽然你年纪还小，但也有亥之助这个弟弟，别这样一直待在火里煎熬了。喂，孩子的爸，你应该跟勇先生见一面，好好骂他一顿才对！”母亲说得激动到不顾一切。

父亲从刚才开始就抱着胳膊闭上双眼，这才开口说：“哎呀，孩子的妈，别胡说八道了，连我都是第一次听到，不知道怎么办才好。以阿关的个性来看，这事情若不是非一般的痛苦，她根本不会说出来，看来她应该是逼不得已、愁苦万分才出来的。那么，今晚女婿不在家吗？有什么特别的事情发生吗？还是他终于提出离婚了？”面对父亲冷静的提问，阿关回答：

“丈夫从前天开始就没回家了，他五六天不在家也是稀松平常的事。我觉得这件事没什么稀奇的，他在正要出门的时候，嫌我衣服准备得不好，尽管我再怎么向他道歉，他都听不进去，脱掉那件衣服摔到地上，自己换上西装说，‘哎呀，应该没有人比我更不幸了，竟然有你这种老婆！’说完就不管我自己出去了。这到底算什么啊？一年三百六十五天，他都没说过什么话，难得说话就是讲这种无情的话，既然如此我还想继续当原田的妻子吗？还打算以太郎的母亲身份赖着不走吗？连我自己也不知道为什么要忍耐。算了、算了，就当我没有丈夫也没有孩子，是以前还没出嫁的阿关吧。如此一来，就算望着太郎那个年幼无知的睡脸，我也能下定决心放着他出来了。我无论如何都无法待在勇的身边了。人家说就算没有父母，孩子也会长大，而且就算是继母或是小老婆，比起由我这种不幸的母亲抚养，不如由他父亲喜欢的人抚养长大。他父亲多少也会疼他，将来也会对那孩子有好处。反正无论如何我今天晚上不回去了。”阿关想断也断不了的爱子之情，尽管嘴上说得漂亮，说话时仍不时颤抖。

父亲叹了口气说：“这也难怪你在原田家待不下去了，你们俩的感情变得真糟糕。”他打量了阿关的相貌一会儿，头上的大椭圆发髻[1]用金环缠着髻根，一身黑色绉绸[2]的和服外褂显得落落大方，虽然仍是自己的女儿，但是不知不觉具备了夫人的风范。为人父的又怎么忍心让她改梳结髻，用揽袖带把铭仙绸[3]的棉布工作服袖子束起来，干刷洗的工作呢？而且她也有了叫作太郎的孩子，因为一时愤怒而白白断送百年的幸运，会变成别人的笑柄。如果恢复了斋藤主计女儿的身份，不管哭或笑，都不能再被称作原田太郎的母亲了。即使不留恋丈夫，但对自己孩子的爱总是难以切断。别离以后她一定会更加思念孩子，应该也会对现在的辛苦感到很怀念吧，长得如此面貌姣好真是她的不幸。

“想到你被不相配的姻缘缠住，让你吃了这么多苦，就令人更加悲伤。唉，阿关，我这么说你可能会以为做父亲的很残忍、不体谅你，但我绝不是在骂你。因为你们的

---

① 不同于岛田髻象征年轻或未婚女子，椭圆发髻则是象征已婚女子的发型。

② 绉绸又名为绉织，是一种将丝绸用平纹织成的纺织品。

③ 是盛行于大正昭和时代的一种和服。

身份不相称，想法自然也不同，虽然你自认尽心尽力了，可是想法见仁见智，他也可能觉得不高兴吧。勇先生是个明白这番道理的聪明人，又很有学问，应该不会毫无道理地大肆折磨你。在这世上人人夸奖又能干的人，都是非常可怕的、任性的人。在外面处理事务的时候假装不知道，回来反倒把工作上的不满拿来对妻子发脾气，成了他的发泄对象也是相当痛苦的吧！不过，拥有如此能干的丈夫，这也是身为他妻子的职责。他和那些在区公所工作，腰上挂着便当，在饭锅下生火的人水平不同，因此也会比较爱唠叨、比较难伺候吧？设法讨他高兴是妻子的责任，虽然表面上看不出来，但世上的那些太太们，也不是每个都过着开心有趣的生活。以为只有你一个人不幸就怀恨在心，但这是世上做妻子的职责所在，特别是你们的身份悬殊，比别人加倍痛苦也是情有可原。虽然你妈是随口说大话，但亥之最近的月薪能有这么多钱，毕竟靠的还是原田先生的介绍不是吗？别说是沾七道光了，简直是沾了十道光，虽然被别人说我们得到好处也很难堪，但一来为了父母，也为了弟弟，二来也是为了太郎这孩子。既然过去都能忍下来了，今后也就没有办不到的事了。争取离婚出走真的好吗？到时太郎就归原田，而你是斋藤的女儿，一旦切断姻缘你们就再也无法见面了。既然同样要为了不幸而哭泣，那就当原田的妻子大哭吧？阿关你说是不是呢？认同的话就把任何事都藏在心里，今晚假装没事回家，照旧谨慎度日吧。你不用说我们也能体谅，亥之助也会体谅的，就让我们分别各自流泪吧。”

父亲说明原委后，也擦着眼泪，阿关则是“哇”地一声大哭起来。

“都是我任性要离婚，没错，如果跟太郎分开再也不见面，那我活在这世上就没意义了。我只是想逃避眼前的痛苦，根本无济于事。其实我只要当作自己死了，不管在哪里就都不会引起风波了。总之那孩子也可以在父母双全的家庭中长大，都怪我兴起这无聊的念头，让您听了讨厌的事。只当今晚阿关已不存在，成了一缕魂魄来守护那孩子。如此一想，即使丈夫苛待我，就算一百年我也能忍受。您说的我都同意，我再也不会让您听见这种事了，请放心吧。”

阿关说着擦掉眼泪后，脸上接着又是泪水。母亲发出一声“这女儿真是不幸啊！”后又是一阵泪如雨下，月亮在无云的天空中也显得孤寂，弟弟亥之从屋子后河堤上折来的野生芒草插在瓶子里，此时的芒穗宛如招手的手势，也凸显了这夜晚的悲哀。

阿关的娘家在上野的新坂下，回骏河台的路要经过一片茂密的森林，虽然这条路阴暗冷清，但今晚月光皎洁，到了广小路就亮得恍如白昼。因为阿关的娘家没有雇用的车行，所以就从窗户叫了一辆路过的车子。

“既然你同意了，就先回去吧！趁一家之主不在擅自外出，这点要是被责备就无可辩解了。虽然时间稍微晚了点，但只要坐车一下子就到了。改天再去听你说这件事吧！总之今晚就先回去吧！”父亲说着牵起阿关的手，就像把她从家里拉出去似的，这也是身为父母的慈悲之心，不希望把事情闹大。阿关至此也有了心理准备。

“父亲，母亲，今晚的事就到此为止。既然我决定回去了，我就是原田的妻子，做妻子的不该诽谤丈夫，因此女儿再也不会说什么了。如果可以让你们因为阿关有个了不起的丈夫，给弟弟添了个好帮手，觉得‘哎呀真放心！’而开心，那我就没有其他念头了。我绝对不会做出想法错误的事，这点请别担心。我的身体从今晚开始就是属于勇的了，他想怎样就怎样吧。那我回去了，等亥之回来，请帮我问候他。父亲、母亲，祝你们身体健康！下次我一定会笑着回来。”

阿关无可奈何地站起身来。母亲拎着仅剩一点钱的荷包出来，问门口的车夫到骏河台[①]多少钱。

“啊，母亲，这钱我自己出，谢谢您了。”

阿关温顺地打招呼并穿过格子门。她用袖子遮住脸，掩盖眼泪，移坐到车上仍是悲伤不已。而家中父亲故意咳嗽的声音中也带着哽咽。

---

① 东京都千代田区神田的地名。

下

清澈的月光配上风声，还有断断续续的虫声引人悲伤，才刚进入上野还不到一町的距离，车夫就不知为何突然把车辕放下。

“真的很抱歉，我不能再拉了，不用付钱了，请下车吧！”

突然被这么一说，实在令人大感意外，阿关吓了一跳说：“哎哟，你怎么说这种话，那我不是很为难吗？我有点急事，拜托你辛苦点帮我拉车，我会多给你车钱。在这么荒凉的地方，也没有其他可以代替的车吧？你这是为难我，别慢吞吞的，快走吧！”阿关有些发抖，请求他说道。

“我不是要加车钱的意思，我是拜托你下车，因为我不愿意再拉了。”他说道。

“那是你身体不舒服吗？还是有什么原因？都拉到这里了才说不要拉，这说不过去吧？”阿关用力大声斥责车夫。

“对不起，不管怎么样，我已经不愿意拉了。”车夫说着拿起提灯，突然闪到一旁。

“你真是任性的车夫啊！那我也不用你拉到约定的地方了，你把我拉到可以换车的地方就好。车钱我会给你，至少拉到广小路吧。”阿关用温柔的声音像在哄他似的说道。

“说得也是，您的年纪轻，在这么荒凉的地方下车，一定很为难吧！这是我不对，那请您坐上车，我再陪您走段路吧！您一定吓到了吧？”看来车夫并不像坏人，他换手拿提灯又拉起人力车，阿关这才松了口气，放心地看了车夫的脸。他是个二十五六岁，皮肤黝黑又骨瘦如柴的矮小男子。啊！那背着月光的脸是谁啊，好像某个人，阿关几乎快把人名脱口而出，不由得出声说：“莫非你是……”

“咦？”那男的吃惊地回头看。

“哎呀，你不是那个人吗？难道你把我忘了吗？”阿关像是滑下来似的下车，仔细地打量那男子。

“您是斋藤家的阿关小姐，我这副德行真是没脸见你。因为背后没长眼睛，所以根本没发现是你。不过听声音也该注意到的，我真是太迟钝了。”他低下头来觉得自己羞于见人。

阿关把他从头顶到脚尖打量一遍说：“不不不，就算是我在街上遇到你，也未必认得出你来。直到刚才为止，我都一直把你当成不认识的车夫，你认不出我也是理所应当的。你这样我实在不敢当，都是因为我没认出你，请原谅我吧。话说你是什么时候开始做这一行的？你的身体这么虚弱，不会对身体造成影响吗？我在别的地方听说伯母已经被人接去乡下养老了，小川町的店面也关了；但是我也已经和过去的身份不同，有种种不方便的地方，拜访你就不用说了，也不能写信给你。你家现在在哪里？太太也健康吗？有小孩了吗？我现在每次去小川町的劝业场[①]逛街时，看到你家以前的店面还是一模一样的烟草店，只是变成了‘能登’的招牌，我每次经过都会探头看看。啊啊，高坂的录哥，还记得你小时候我们往返学校时都会顺

① 明治大正时代，在一栋建筑物中组合多种商店陈列贩卖商品的场所。

路去拿一点剩下的卷烟，神气活现地吸起来。不过你现在在哪里，在做什么呢？你是个性情温和的人，在这样艰难的社会里不知道要怎么谋生呢？我心里挂念着你，每次回娘家就打听有没有人知道你的消息，但我离开猿乐町到现在已经五年了，完全没办法得知任何消息。真是好想念你啊！”她忘我地急着追问，而男子则是用手巾擦拭流出的汗水说：

“我现在的身份说起来实在惭愧，如今我连家都没有了。我睡觉的地方在浅草町一家叫村田的便宜旅店，我睡在二楼。高兴的时候，也会像今晚一样拉车到很晚；厌烦的时候就整天无所事事，像在烟雾中一样浑浑噩噩地过日子。你还是一样漂亮，自从听说你嫁人当太太以后，我就梦想着可以再见你一次，或是这一生能和你再交谈一次。直到今天我都把这条不必要的命当成垃圾对待，幸好还活着才能再见面。唉，多亏你还记得我是高坂的录之助，真是感谢不尽。”他说着低下头来。阿关潸然泪下，说：

“别以为在这尘世只有你一人这样啊。那你太太呢？”

“你也认识吧，就是斜对面杉田屋的女儿。人家说她肤色白皙、身材好什么的，总之是个众人盲目赞不绝口的女人。那时我实在是四处放荡，经常不回家，亲戚里的老顽固就误以为，是因为我到了该娶老婆的年纪还没娶才会这样，我母亲觉得既然如此，就相中了那个女人，叫我一定要娶、快去娶她，毫无道理地拼命劝我娶她，真是烦死人了。于是，我就回她‘你爱怎样就怎样，就娶吧！随便你了。’迎娶她进门的时候，刚好听说你怀孕了。结婚后的第一年，别人也会来我这里祝贺，家里摆了纸糊的狗、风车之类的。不过，这种事哪能停止我的放荡，别人应该以为我有了长相标致的老婆就会停下脚步，或是生了小孩就会改邪归正吧。但就算是小町[①]与西施牵手一起来、衣通姬[②]跳舞给我看，我也丝毫不想改游荡的本性。又怎么会看到乳臭未干的小孩脸庞，就能立志改正呢？我玩了又

① 小野小町，日本平安时代著名的女和歌歌人，相传容貌美艳绝伦，是后世美女的代称。

② 衣通姬历来有两种说法，指允恭天皇的妃子或女儿。“衣通”的意思是“漂亮到光彩穿透衣服的美人”。

玩、大玩特玩，喝了又喝、喝得精光，把家里和生意都抛开不管，大前年就把家里败到连一根筷子都不剩了。我把妈妈送到嫁去乡下的姐姐那里养老，老婆则是带着孩子回娘家了，从此不通音信。孩子是个女孩，虽然我一点也不觉得可惜，但听说那孩子也在去年年底染上伤寒死了。女孩比较早熟，她临终时想必还说着爸爸什么的吧？如果还活着，今年就五岁了。真是无聊的身世，也不值得一提。”

男子脸上浮现出寂寞的笑容说：“刚才不知道是你，才会如此任性对你失礼。来，请上车吧！让我送您去吧。这么突然一定吓坏你了吧。拉车只是名目而已，握着车把哪有什么乐趣，谁会希望做牛做马？收到钱就开心吗？还是喝了酒就愉快呢？我想了想这一切全都很讨厌，不管是客人坐在车上，还是空车的时候，我只要觉得厌烦，就毫不留情地不愿拉了。我这个男人实在任性到令人瞠目结舌，真是讨人厌对吧？来吧，上车吧，让我送你去。”阿关被他劝着。

“哎哟，不知道的时候就当作没办法，可是都知道是你了，怎么还能搭这辆车呢？虽然如此，一个人走在这么荒凉的地方也觉得不安，请你只要陪我同行，走到广小路就好，我们边走边聊吧！”阿关稍微提起和服下摆，涂漆的木屐声，听来也显得凄凉。

这名男子是阿关以前的朋友中，有因缘而难以忘怀的人。他是位在小川町高坂一家整洁的烟草店的独生子。虽然他现在看起来肤色这么黑，但在那时候，他穿的是整套唐栈[①]的衣服，配上一条别致的围裙[②]。他善于应酬，也讨人喜欢，年纪虽轻却成熟懂事，人们夸他店面经营得比他父亲在的时候还热闹，是个聪明伶俐的人。哎呀，现在却变了个样。自从他听到我出嫁的消息以后，就自暴自弃玩到天翻地覆。那时听传闻说：高坂的儿子就像完全变了一个人，像着魔了，是不是恶灵作祟呢？恐怕非比寻常吧？而我今晚一看，他的样子确实很悲惨，没想到竟然住在小旅店[③]里。这个人曾经爱慕我，从十二岁到十七岁，每天

---

① 纺织品的名称。

② 生意人围的围裙，长至膝盖。

③ 每天付住宿费的旅店。

我们见面时，我都想着将来我要坐在他店里的那个地方，一边看报纸，一边做生意。结果却跟一个想都没想过的人定下亲事，父母之言我又能有什么异议呢？虽然希望嫁给烟草店的录哥，但那只是孩子气的梦想，对方也没有开口提过，我就更不用说了。这段恋情就像一场难以琢磨的梦，还是死心吧、想开吧、放弃吧，我如此下定决心，才嫁进现在的原田家。可是直到结婚之际，我还是落泪了，我对他难以忘怀。原来此人对我的思慕之情也和我一样，说不定他是为此才身败名裂。他看我扎着这样的椭圆发髻，一本正经十足的夫人样，应该觉得我面目可憎吧？可是其实我过得一点也不快乐啊！

阿关如此想着，回头看看录之助，他不知道在想什么，一脸茫然，面对偶然相逢的阿关，他却不太高兴的样子。

到广小路就有车了，阿关从钱包里取出几张钞票谨慎地包在小菊纸[①]里说："录哥，虽然这实在很失礼，但

① 小型的日本白纸。

请拿去买些面纸之类的。隔了好久才见面，我有许多话想说，可是无法表达，还请你体谅我。那我就此告别了，请你好好保重身体，也让伯母早日安心。我也会暗中为你祈祷，希望你能回到以前的录哥，了不起地开一家店给我看。再见了！”阿关打了招呼说道。

录之助接过纸包说：“我应该要推辞的，但这是你亲手送的，那我就满怀感激地收下当作纪念吧！虽然舍不得跟你分别，但这是一场梦，我也无可奈何。好了，你走吧，我也要回去了。等夜深路上就更冷清了。”

录之助说完就拉着空车往后走。那人向东，这人往南，大街的柳树在月影下迎风招展，涂漆的木屐声听起来有气无力。无论在村田的二楼还是原田家的深处，尘世中彼此皆多感愁苦。

为女性发声的樋口一叶

“人无贵贱之分，娼妇亦有赤诚之心。”

自一六一七年江户幕府时代开始，吉原游廓便是幕府公开允认的风月场所，无论文武工商阶级都聚集于此消费游乐，在促成了江户时代时尚与文化之兴盛的同时，却也写下了不少悲恋哀歌。在吉原附近经营杂货铺的十个月里，一叶亲眼目睹了种种社会底层妇女的凄凉与血泪，亦兴起了“希望能真诚地描写自己所看到的人和事物，传达弱者心声”的想法。于是，她在作品中刻画了许多受缚于当时日本不平等社会中的女性身影，无论是在富人家当下人的阿峰、受到丈夫家暴的阿关，或是年纪轻轻便注定了妓女命运的美登利，她们都是一叶虚构的故事中一片片逼真的时代断面。

除了透过文学创作为女性发声之外，一叶也经常在日常生活中向妓女们伸出援手。因为一叶不仅文笔好，又写得一手好字，附近的妓女们经常前来拜托她代笔写信。从这些背井离乡的女子的口述中，一叶深切地体会到她们对远方亲人的思念、对恋人的爱慕，同时也为她们即使位处社会底层、备受众人轻蔑仍努力工作赚钱的辛苦感到不舍与同情。她还曾帮助一位要被卖身到大阪的年轻妓女，尽管知道被发现的话会给自己惹来麻烦，她仍毫不犹豫地帮助她，让她藏匿于自己的住处。卖身女子的悲哀叠映着因背负债款而痛苦不已的自己，一叶以笔之力，在那些晦暗无光的日子里，抚慰了世间女性的病苦、失望与不幸。

吾　子

如果我说自己的孩子很可爱，大家一定会大笑吧！不管是谁都不会厌恶自己的孩子，所以如果我一脸骄傲地特别强调只有自己拥有了不起的宝贝，大概会变成笑柄吧！所以我不会把这种夸张的事说出口，不过心里是真的对这孩子疼爱不已，唯有合掌叩拜才能表达我的不胜感激。

说起来，我的这个孩子是我的守护神。他露出如此可爱的笑容，正在天真地玩耍，这个天真的笑容教了我很多事，真是说也说不完。以前在学校读过的书、老师教导的各种事，的确对我有好处，每当有事情的时候，我总会想起来有这回事、那回事的，虽然会一一回顾，也都不像这个孩子的笑容，直接在眼前就能阻止我想跑出去的脚和平静发狂的心。这孩子随意枕着红豆枕，双手在肩膀旁伸直入睡时的脸庞，跟大学者从我头上大声提出异议的样子不同，令人几乎打从心底涌出泪水，就算是我这么倔强傲慢的人，也不敢说什么小孩一点都不可爱的大话。

他在去年的年关将近时呱呱坠地，那是我第一次见到这张红脸蛋。那时我的心境还像迷失在宇宙中，现在想起来真是不好意思。哎呀，你怎么健康地生下来了？要是你死了，等我产后恢复就能回娘家了，也不用待在这样的丈夫身边。我片刻也不想多留，你为什么要健康地生下来呢？讨厌、讨厌，如此一来我不就无论如何都被这个血缘牵连着，活在永世无光之中了吗？真是讨厌，我好悲惨。一想到这些事，就算别人恭喜我，我也一点都不觉得开心，只会一直觉得自己的未来越来越无趣，因此感到悲哀。

虽然如此，假设把别人放在我那时候的地位来看，就算是再怎么想得开而且了悟人生的人，也会觉得这人世很无聊，一点儿都不有趣，相当残酷无情，老天爷到底是对是错呢？这种想法可不是只存在于我傲慢的心中，无论是谁一定都会受不了而口出怨言。我极端地认为自己一点缺点也没有，也没有做错事情，所以把一切的冲突归咎于丈夫的一颗心，盲目地恨丈夫。此外也恨我娘家的长辈故意帮我挑选这种丈夫，虽然他算是长辈，也是有恩于我的伯父，不过我还是恨他。首先，我没犯任何罪过，遵照别人说的温顺地嫁进来，却理所当然地遭受这种命运，这么做简直像把盲人推下山谷一样。这世上有神明吗？那是什么呢？我实在太恨他了，因此也认定这人世间很讨厌。

不服输是件好事，否则困难的事就无法完成了。若只有软绵绵的柔和本性，别人总会说像海参一样。不过这也要视时机与场合而定，总是不断逞强好胜也不行。尤其女人的好胜或许节制在心中，诸事心领神会说不定比较好，像我这种表面上不服输的个性，也许在别人看来很肤浅吧！或许丈夫反倒觉得他有个无趣的妻子，虽然如此，那时的我却没有反省自己的想法，无法体谅丈夫的心。只要他露出厌烦的表情，我就立刻不高兴。如果被他唠叨一句，我就像着火似的生气。虽然我没顶过嘴，但就会不说话也不吃东西，严重时还会迁怒于婢女们，整天铺着被窝卧床不起，这种事也不是一次两次了。虽然倔强，我却没出息地是个爱哭鬼，我会咬着棉睡衣的领子哭。这只是不甘心的眼泪而已，而非让我有好强理由的不甘心泪水。

我在三年前嫁进来，当时我们的感情非常好，双方都没有不满。不过熟了以后就有好有坏，彼此露出了任性的本性，因为各种欲望涌现，也就充满了不满。因为我是个傲慢的人，所以不知不觉就变得不客气，连丈夫在外做事也要插嘴。“你什么都瞒着我，一提到外面的事就一点也不讲给我听，这就代表你跟我的心有隔阂。”我抱怨说道。“我才不会跟你见外，我不是全部都跟你说了吗？”说完就不理我自己笑着。他很明显是出去玩，我早就看穿了。哎呀，我心里完全不能忍受，一旦有了一个疑问，就会有十个、二十个疑问，朝夕旦暮觉得这也可疑那也骗人的，总觉得很奇怪，摸不着头绪，怎么样也无法巧妙地把事情想通。现在想起来，他果然是瞒着我吧。再怎么说，女人就是会说漏嘴，他当然不能把上班的事情说给我听。即使是现在，他还是有很多事瞒着我。我明白这点，虽然知道如此，但是现在我一点也不怨恨了。没错，这些事他不告诉我才是丈夫的价值所在，不管我怎样哭或怨恨他都不理我，那才是丈夫了不起的地方。万一他把政府机关的事告诉那时轻浮的我，不知道会闯出什么祸呢？即使没有这些事，也经常有人求助于出入者，把一些奇怪的礼物送到我手边，这种情形令我非常为难。说什么这次审判的判决结果生死攸关，原告啦、被告啦，许多人都来一再请求，不过我一概不接受。并非因为我身为山口升这位法官的妻子，就要光明正大地拒绝，而是家里正在发生争执，根本没有对这种事置喙的余地，说了也没意思，与其听那些应酬话，不如保持沉默才是更聪明的选择，幸好我这么想，才没有接受贿赂的污点。不过，我们的隔阂却更加重重叠叠，云雾逐渐加深，变得不了解彼此的心。如今想起来，这都是因为我挑拨造成的，我的做法不对，当然会让丈夫的心不知不觉步入歧途。这一切都是由于我的想法走偏了，现在想起来都会流下深切后悔的泪水。

我们感情最差的时候，两人各行其道，他要出去我连问一句"要去哪里"都没有，他也不会先告诉我目的地。如果他不在家时有外人送信来家里，不管是多么十万火急的事情，我从来不曾拆开信封。虽说是妻子，我却活像尊木偶，我假装要出门似的，收了信就赶人家走。因为我冷淡又潦草的做事态度，丈夫会生气也是理所当然。一开始是发个牢骚或表示异议，有时告诫，有时安慰，但我的本性实在太倔强，以他隐瞒我当借口，毫不把他轻柔温和的话当一回事，一闹别扭就闹到底，丈夫也拿我没辙。家中还会在言语上起争执已经算好的，等到不说话互相瞪眼的时候，这个家根本就只剩屋顶、天花板以及墙壁了，悲哀更胜风餐露宿，如此冷淡无情，流下的泪水不结冰才怪。

想一想，人真是自私，好的时候什么都不会想。不过唯有说起痛苦、讨厌的事情时，就会想起以前发生过或未来要迎接的事，从中净想些非常好的、了不起的、不错的事。想到这些事，更觉得现在的情况讨厌、令人不耐烦，想方设法希望从中逃脱，并切断这个羁绊。以为只要能离开这里，就能去美好的地方，每个人都一定会这么想。因此，我也同样沉迷于如此的梦中，认为自己的天命不该如此不幸。在还没嫁进这个家以前，当我仍是小室家养女的亲生女儿时，有各式各样的人照顾我，许多人纷纷来向我求婚，其中有一位海军的潮天先生，他也是了不起的人物。我还差点就跟一位皮肤白净而且学医的细井先生订婚了，最后却弄错嫁给了丈夫这种沉默寡言的人，真是一时失策啊！要我把这个错误将错就错下去，度过没意义的一生，真令人觉得悲惨。我那时根本不想矫正自己的心，只会一味地恨别人。

有想法这么无聊，待人处事又不讲道理的妻子，就算是再怎么优秀的人，也没办法亲切面对吧。从政府机关下班回家时，虽然会按照规矩出来迎接，但是当两人面对面时，就连一句贴心的话都不说。你要气就气，什么事都随便你！我一副十分冷淡的态度让丈夫难以忍受，他就突然站起来离开家了。反正他出门就是往风月场所门前的灯笼下穿梭，或是去候客茶屋的小房间，对此，我相当悔恨。虽然极为怨恨，但说真的，是我不懂得讨他欢心，才让他觉得待在家里不愉快而跑去外面玩。是我做了这种事造成丈夫变得放荡，使他最后真的成了完全不顾家的浪子。

我丈夫和那种富贵人家的公子哥不同，他不会因为受欢场的艺人们煽动就忘我地沉迷于玩乐，他应该是打从心底觉得玩乐有趣吧？可以说是为了平时压抑的火气排忧解闷，就算喝了酒，也不会痛快地大醉一场，他总是面色苍白，无论何时额际都有青筋浮起。

他讲话的声音既冷酷又粗暴，就算是微不足道的小事也会严厉斥责婢女们。老是用斜眼瞪着我的脸，虽然没有抱怨什么，但说到他的难以取悦，一点也不像此刻丈夫的和颜悦色，那表情真是可怕、凶恶又可恨，而我则在他身边一脸愤怒地动也不动。用人受不了我们，大概一个月就要换两个婢女，每次都会造成物品遗失或损坏之类的事情发生。发生了这么多的事，怎么净是一堆不近人情的人聚在一起呢？难道这世界本来就是不近人情的吗？还是为了让我独自哀叹，所以只要别人接近我，就会变得不近人情呢？我左看右看都找不到一个看起来可靠的人。唉，我因为讨厌的事而自暴自弃起来，见了人也不想招待，丈夫的同事来家里的时候也一样，只要丈夫没有吩咐，我就不会插手一切的宴客事宜。酒席上只让婢女们上菜，我则以牙齿痛或头痛推托。不管有没有客人，举止恣意妄为，别人叫我也不回应。我这个样子，不知道别人会怎么看我？他们一定批评山口先生娶了我是遗憾终身，这女人根本不配当妻子。

那时，丈夫如果说一句离婚就完了，我一定会毫不考虑就答应。对自己的行为不检点、不知道检讨，反而委屈地觉得自己如此悲惨不幸，既然老天决定让我际遇如此，那就什么都无所谓了，要做什么都随你去吧。我要按我的想法做事，坏就坏吧，万一是好，就当我赚到的吧！安上这种乱七八糟的歪理，此时的我会变成怎样呢？我一想到就会浑身发抖，幸好丈夫没有毅然决然真的离婚，居然把我留了下来。虽然这也可能是他的火气越来越大，觉得与其轻而易举地提出离婚，不如把我永远关在笼子里受苦算了。尽管我并不知道他是否有这种想法，但现在的我对任何事都已无怨恨了，对丈夫也没有任何怨恨。因为受过那么多苦，让今日的快乐更显得开心，我可以变得懂事一些，应该也是因为经历了这些事吧！一想到这些，就觉得没有人会刻意与我为敌。那个慌慌张张又装模作样学大人、把我的缺点四处张扬的丫头阿早，还有只会顶嘴的煮饭用人阿胜，她们都算是我的恩人。现在有这些好女佣聚在我身边说："没有比我们夫人对待用人更好的人了。"就算是谎话我也高兴。这些事情的发生都是自从我领悟到，他们不效忠主人，其实是反射了我的心态。世上并没有漫无目的折磨人的坏蛋，神明也不会让自始至终都没做过坏事的人哀叹自己不幸。为什么呢？就连我这种只会对周遭事物完全误解，一无可取又无可救药的人，也因为没有存心犯过什么罪，所以老天就赐予我一个如此可爱又漂亮的男孩了。

这个男孩将要出生时，我还像被笼罩在云雾里，他出生之后也没那么轻易就消散。不过，自从他发出第一声哭声开始，我就觉得他很可爱、惹人怜爱，不知为何深有所感。虽然我仍非常嘴硬，但若有人要带走孩子，我大概会抛弃执拗，把他抱得紧紧地说："谁都不准碰这孩子一根寒毛，他是我的！"

这孩子一开始教我的，就是丈夫的想法与我的想法相同。我抱紧这个孩子说："宝宝不是爸爸的，你是妈妈一个人的喔！不管妈妈去哪里，都不会把你放着不管的。你是我的，是我的。"我一亲他的脸颊，他就露出无法形容、足以让人融化的笑容，笑嘻嘻的样子好可爱！他怎么也不会是丈夫那种刻薄的人的小孩。当我如此断定这孩子是我一个人的时候，丈夫从其他地方回来了。他一脸不愉快地坐到这孩子的枕边，令人不放心地动起手来，有时竖起风车，有时摇起拨浪鼓给孩子看，又把那张黝黑的脸凑近孩子说："在这家里，只有儿子一个人可以安慰我了。"我还以为孩子会哭或害怕，没想到他却露出非常高兴的表情，笑嘻嘻的，不就像对我笑的时候一样嘛！有一次，丈夫捻着他的胡子说："你也觉得这个孩子可爱吗？""当然。"我很冲地回答他。"那你也很可爱啊。"没想到他与以往不同，开了个玩笑，接着高声大笑。他的那张脸，竟然和这孩子的脸庞不容争辩地相似呢。既然我觉得这孩子可爱，又怎么能一直恨丈夫呢？只要我对丈夫好，他也会对我好。俗话说："三岁小孩教人渡浅滩。"教好我这一生的，就是这个还不会说话的婴儿啊。

来自樋口一叶的凝视

——五千元日钞折纸教程

2004年11月1日，日本政府将五千元纸钞上的肖像人物由新渡户稻造换为樋口一叶，使之成为日本首位以写实照片为基础绘制成纸钞正面肖像人物的女性。终生为钱所累的樋口一叶若泉下有知，会流露出何种神情呢？

樋口一叶妙笔生花，在作品中细腻地刻画了浮生百态、将庶民的悲欢离合跃然纸上，她的眼神该有多么专注、观察该是多么入微才能做到呢？据同为荻之舍私塾成员，同时也是樋口一叶的学姐田边花圃的回忆：“樋口一叶只要在路上看到适合当写作素材的人，无论那个人走到哪里她都会跟到哪里。在荻之舍学习诗歌的时候就是如此，她常常以私塾里的人为原型进行创作。她常常和我提到她在跟踪路人时，因为边走边想事情所以没注意到对方早已消失在人海中之类的话题。”“跟踪狂”樋口一叶有点阴森又有些俏皮的形象跃然纸上。

当樋口一叶登上五千元纸钞上后，日本的折纸爱好者们便研发了一种“像是尾随其后、躲在电线杆旁窥探的‘跟踪狂’樋口一叶”折纸法，这次“跟踪狂”的形象不仅是跃然纸上，更是活脱脱地立在眼前！

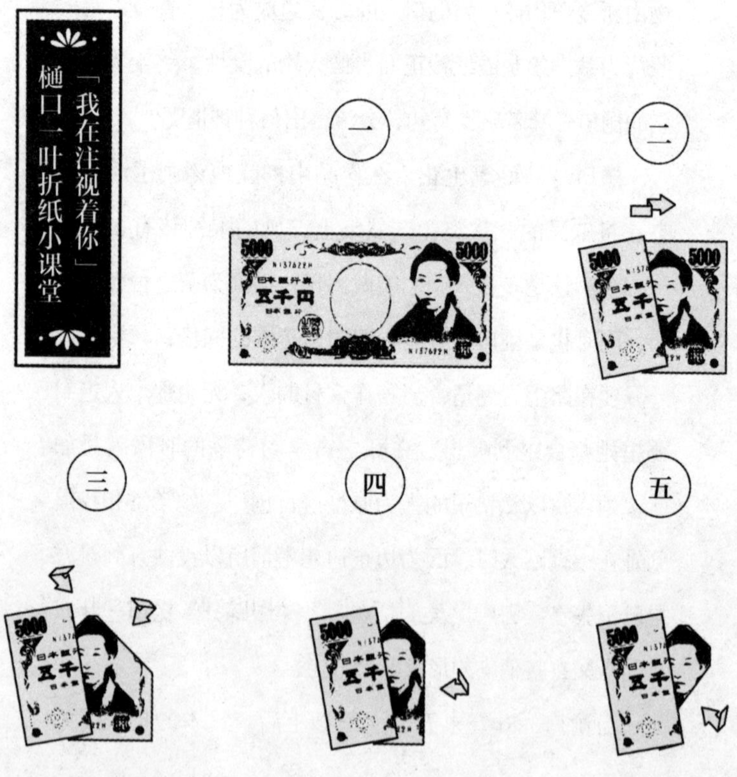

让我们简单地说明“跟踪狂樋口一叶”的折法吧：

拿出上次去日本旅行时竟然没有花掉的日币五千元纸钞。

将纸钞依照箭头指示像z字形般折两折。注意，“z”的上半部应斜斜地盖住樋口一叶约三分之一的脸。怎么样，是不是已经可以感觉到偷窥的视线了呢？

将樋口一叶身体部分沿着衣领向内折。

依照箭头指示折出脸部轮廓。

“跟踪狂樋口一叶”大功告成！

走吧，这尘世间的梦之浮桥

——樋口一叶文学小旅行

东京地铁日比谷线三之轮车站：①一叶纪念馆→②一叶煎饼→③回望柳→④吉原花柳巷→⑤吉原神社→⑥吉原弁财天（吉原观音）→⑦鹫神社→⑧千束稻荷神社→⑨境内樋口半身像

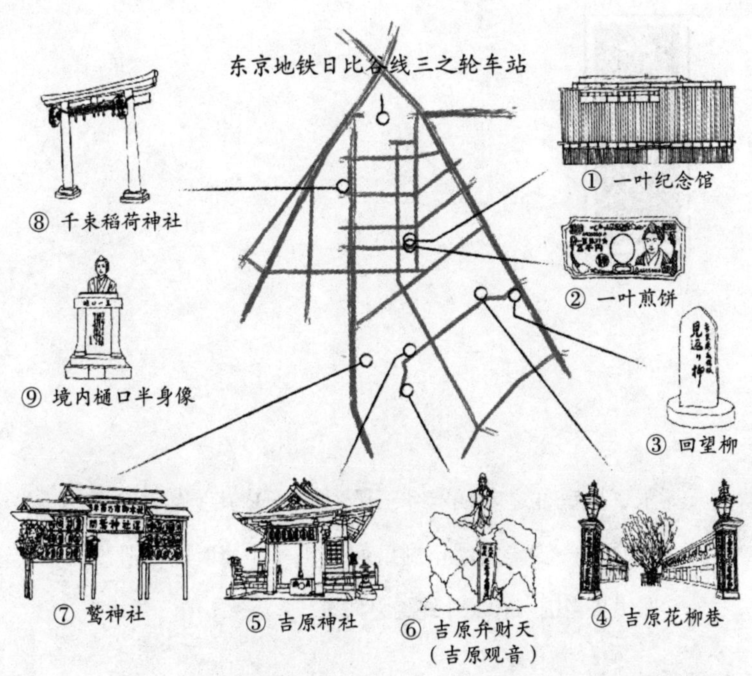
东京地铁日比谷线三之轮车站
① 一叶纪念馆
② 一叶煎饼
③ 回望柳
④ 吉原花柳巷
⑤ 吉原神社
⑥ 吉原弁财天
（吉原观音）
⑦ 鹫神社
⑧ 千束稻荷神社
⑨ 境内樋口半身像

东京地铁丸之内线本乡三丁目站→①东京大学赤门→②法真寺→③境内幼年樋口像→④一叶菊坂旧居遗迹→⑤旧伊势当铺→⑥一叶终焉之地

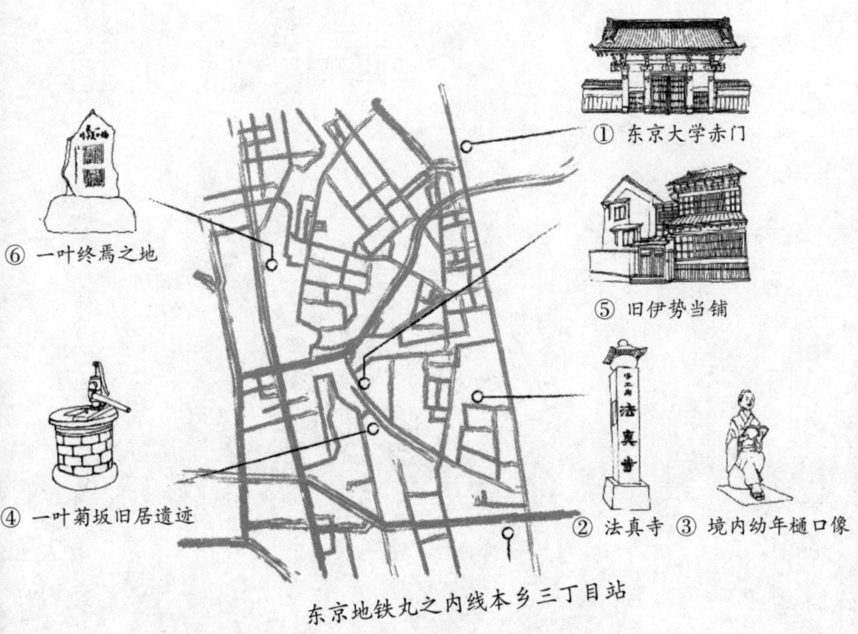
① 东京大学赤门
⑤ 旧伊势当铺
⑥ 一叶终焉之地
④ 一叶菊坂旧居遗迹
② 法真寺 ③ 境内幼年樋口像
法真寺
东京地铁丸之内线本乡三丁目站